将軍と
の御子

白《はく》銀《ぎん》の将《しょう》軍《ぐん》と仙《せん》界《かい》の御《み》子《こ》
～運《うん》命《めい》の愛《あい》に導《みちび》く水《すい》蓮《れん》花《か》～

鏡《かがみ》コノエ

ILLUSTRATION：亜《あ》樹《き》良《ら》のりかず

白銀の将軍と仙界の御子
～運命の愛に導く水蓮花～

LYNX ROMANCE

CONTENTS

白銀の将軍と仙界の御子

～運命の愛に導く水蓮花～

仙界と人界の境目にある雲海を瑞鳥《ずいちょう》が抜けると、突き抜けるような青空が広がっていた。

人界に入った矢先、急にほんの少しだけ躰《からだ》が重たくなったような気がして、「おわっ」と、声が洩《も》れた。

そういえば、人界へ入ったら躰が重たく感じると、出発前に兄弟子から教えてもらっていた。けれどそれが本当の感覚らしく、仙界ではほんの少しだけ軽く感じられるらしい。

「なるほど、これが」と、感心しつつ蓮可《れんか》は納得すると、都が眼下に広がるその景色に興奮で頬《ほお》を赤らめた。

仙界で仙人である師、甚神《じんしえん》の元で、日夜仙人になるための修行をしている蓮可が、このたび人界へ降りることになったのは、人界でしか生えない薬草が切れてしまい調達をしに行くためである。

仙界では大抵のものが手に入るし、不自由などしたことがないから、人界でしか生えない薬草があると知ったのは些《いささ》か驚いたが、前々よりいつか人界へ降りてみたいと思っていた蓮可にとっては、またとない機会になった。

師は何人もの弟子を抱えていて、その中には幾度も人界へ降りたことのある兄弟子もいたが、珍しいこともあるもので弟子の中でも末の蓮可に白羽の矢が立った。

「ここへ来てからずっと修行のし通しだ。たまには人の世を見てくるのもいいだろう」

おつかいを言いつけた師は何かの気まぐれを起こしたのだろう。

それとも、前回人界へ降りた兄弟子が遊女に嵌《は》まってしまい、他の兄弟子たちが連れ戻しに行く騒ぎになったから、女遊びとは無縁そうな蓮可に目を付けたのかもしれない。

それでも、人界へ降りることになり、兄弟子たちには随分と羨《うらや》ましがられた。

前にあった人界への使いは五年か六年も前のことだから妬《ねた》まれても仕方がない。

蓮可だって、出発する数日前からそわそわとして修行に身が入らなかったほどだ。それで叱られて、やっぱりおつかいはナシ——なんて言われては折角の楽しみが駄目になってしまうと、気持ちを落ち着かせるのに必死だった。

兄弟子たちからは「どうせ女遊びをして御師様に叱られるぞ」と、口々に言われて耳にたこができそうなほどだった。

「背中の痣《あざ》を見せるなよ、遊女に嗤《わら》われるぞ」と、最後の最後までからかわれてしまい、折角のお楽しみに水を差されたような気分になった。

背中に大きな痣があるのは蓮可のコンプレックスの一つだ。

兄弟子はそれを知っていて、自分が選ばれなかったことがよほど悔しいのか嗤ってくるのだから内心腹も立った。都へ行くまでは暫《しばら》く兄弟子たちが文句を言っていそうで、いっそ気が晴れるまで言ってくれ。と、密《ひそ》かにむくれていたほどだ。

人界へ降りるには幾つもの険しい山を越えて行かなければならない。

道中は危険な所もあり、魔物が潜む谷や森があるのだという。そんな旅路を蓮可一人で行けるのだろうかと不安だったが、師より瑞鳥を借りることになり大いに喜んだ。ついでに兄弟子たちへの腹立たしさが一気に消え失《う》せた。

瑞鳥は師が育てている巨鳥で、孔雀《くじゃく》に似ているらしい。

孔雀は直《じか》に見たことはないが、月光よりも白く淡く光る巨鳥は、兄弟子たちが手を焼くほど気が強い。しかし蓮可の前ではとても大人しくて、ふわふわとした背中にしがみついていてもけっして嫌がることはなかった。

瑞鳥のおかげで何ヶ月もかかる山越えが、一日半とかからないのだから本当に有り難い。

――そして果てしない境目の雲海を越えると、眼下には大きな都が広がっていた。

もうじき着くよ！　と、言わんばかりに、瑞鳥がピィイイ……！　と、甲高く一鳴きしてみせる。

「あれが閣領《かくりょう》――仙人が拵《こしら》えた王都。大きな都だね」

仙人とは、勿論《もちろん》師のことだ。

閣領は遥《はる》か大昔に仙人がその地へ降りて、王となる者を決めたときから国がはじまった。

王と民は仙人を敬い、崇《あが》めていると聞く。兄弟子たちは師の弟子と知られないよう、都の民の姿に変装をして行くと言っていたから真似《まね》てみたのだが、瑞鳥に乗っている時点で大いに目立っているかもしれない。

「都から少し離れた林か森に下ろしてくれるかい」

瑞鳥に頼むと、了解したと言うようにまた一鳴きして大きく羽ばたいた。

師に頼まれたのは薬草だから、きっと都の近くで降りて探すより、緑の多い所のほうが見付けられるかもしれない。そう思い瑞鳥に頼んだ。

瑞鳥はゆっくりと下降しながら都近くの林の中の小高い丘を選んだ。

木々も少なく、開けた場所だ。都も見えて迷うことがなさそうだ。蓮可は安心して瑞鳥の背から下りた。

「ありがとう。では行ってくるよ。お前も気をつけてお帰り」

瑞鳥は飾り羽のついた頭を蓮可に名残惜しそうに幾度も擦《こす》りつけると、漸《ようや》く飛び立っていった。

蓮可は羽ばたく姿が小さくなるまで手を振り見送ると、最後にほうっと息を吐いた。

「ああ、ついに来てしまった……」

王都閣領へ。

そう思うと、また微《かす》かに胸の高鳴りを覚えてしまい、蓮可はもう一度吐息を零《こぼ》した。

「僕の生まれ故郷だ」

師曰《いわ》く、蓮可の生まれは王都なのだそうだ。

生まれてすぐに山へ捨てられたが、たまたま人界へ遊びに来ていた師が保護したのだという。当然親の顔は知らないし、都での記憶は一つもない。

けれど、前々より親しみを持ち、都を見たこともないのに郷愁を抱いていた。

さきほど瑞鳥に乗り人界へ入った瞬間、なんとも言えない胸の疼《うず》きを覚えてしまったのもきっと、いつか訪れてみたいという希望が叶《かな》い、感情が込み上げてきたものだろう。

瑞鳥と別れ、一人丘の上に立った蓮可はどきどきする気持ちを抑えながら、乱れた着物を直した。

普段は紗《しゃ》のような軽くてやわらかな着物を着ているが、ここでは木皮で染めた渋めの色の着物にしていた。歩きやすいように丈を短くして、下には脚絆《きゃはん》をつけ、草履《ぞうり》は新品だ。

長い髪は旅の無事を祈りながら、一つ上の兄弟子が結わえてくれたが、ここではなるべく髪を見せないようにしろと言われている。長いこと仙界にいた影響で、人界の民とは少しばかり色が違うのだそうだ。

蓮可の髪は亜麻色《あまいろ》に近く、蜂蜜《はちみつ》のようだとよく喩《たと》えられた。

兄弟子には珍しがられるどころか、気持ち悪がる連中もいるかもしれないと注意を受けているから、ここは警戒して頭から手拭いを被《かぶ》ることにする。

顎の下でしっかり結わえ、さあ、いざ旅のはじまりだ——と、蓮可が気合いを入れたその矢先、木々の向こうから馬のいななきが聞こえて、蹄《ひづめ》の音が徐々に近づいてきた。

――そして、丘に降りて一刻もしないうちに、蓮可は王城、閣羅城《かくらじょう》にいた。

謁見《えっけん》の間、という豪奢《ごうしゃ》でだだっ広い部屋へ通され、玉座に座る白髪の、やたらと豪勢な着物を身に纏《まと》う老人と対峙《たいじ》していた。

間違いなければきっとこの都の王様だろう。それを誰かに尋ねようとした矢先に、高官らしき男に声高らかに紹介され、思った通り白髪の老人が都の王様だと知った。

「覚悟はしていた。つまり、そういうことなのだな。――仙人よ」

いきなりの意味深な王の発言に、「ん？」と、蓮可はおもわず気の抜けた声を零した。

「どうした。つまりはそのときが来たのだろう？」

「……」

そのときとは？

どう返答していいのか困った蓮可が黙り込むと、謁見の間に集まる高官たちがざわつきはじめた。

不穏な空気の中、王が咳払《せきばら》いをする。途端に広間は静寂に包まれた。

「仙人が現れるとき、新たな王が選ばれる。――というのは、この閣領で綿々と語り継がれる伝説だ。つまり今、仙人が天より現れたということは、次期王の選定に訪れたのだろう」

「え!?　いえっ」

なんだそれは。と、蓮可は眼を丸くした。

そもそも蓮可は仙人になるための修行はしているが、半人前どころか下の下で、なにせ末弟子ということもあり仙術も碌《ろく》に身につけていない身だ。そんな自分を「仙人」と言われては、師の名に傷が付くというもの。

ここへ来たのだっておつかいを頼まれてのことだ。慌てて事情を伝えようとすると、〈これ！　言うな言うな〉と、頭の中で師である甚神の声が響いた。

慣れないことに「ひえっ」と変な声を出し、蓮可は頭を押さえた。

〈念話だ、馬鹿たれ。まだ慣れんのか〉

「す、すみません。唐突だったもので驚いて」

「どうされた、仙人よ」

玉座で王が目を細めている。

「いえ、僕は」

〈言うな。黙っておれ。ここへ訪れた事情も話すな〉

説明をしようとして、すぐさま釘を刺された。

「ですがっ。王様は勘違いされていますよ!?」

〈いいから、王の話を聞け。こちらの身分も事情も、王には話すな。いいな〉

「そ、そんなぁ……」

有無を言わさぬ強い口調で、師に念を押されてしまった。

師は一体何を企《たくら》んでいるのやら。蓮可は肩を竦《すく》めて呻《うめ》いた。

仙人とは長い修行の末に未来を見通す力が備わっている。

未来眼とか千里眼と呼ばれるもので、師は当然それを会得していて、時折からかったり愉《たの》しんだりするのだ。

あの丘から馬に乗せられ王城へ来る途中も、王都の民が蓮可を見るなり大騒ぎしていたのは、もしかして天から仙人が降りてきたと勘違いしていたからだろうか。新たな王が選ばれる時がきたと、興奮していたのかもしれない。

「天より仙人が降りてくるのは吉兆の証しと聞く。民もさぞ騒いだことだろう」

そんなときに限って、瑞鳥の背に乗って降りてきたのだから、勘違いされるのも無理はない。

もしかしてこうなることを知っていて、師はわざと瑞鳥を貸してくれたのだろうか。――いや、きっとそうだろう。仙界のどこかで、くつくつと笑っている姿が目に浮かぶ。

「御覧の通り、儂《わし》は老いた王だ。世継ぎを早くに亡くし、以来子はおらん。我が血脈は儂で断絶だ。じきに仙人が訪れて、次の王を選びにくることは儂も民も皆わかっておった」

「はあ……」

どうやらわからないのは、蓮可一人だけらしい。

「建国のはじまりに仙人甚神が現れ、王になる者を決めた。伝説では仙人が王を決めるとある。今がまさにそのときなのだろう。違うか？」

違うかはどうかはさておいても、蓮可は仙人ではないから返答しようもない。

ほとほと困っていると、王はもう一度咳払いをして玉座を立った。その脚で蓮可の目の前に来ると、手を取られた。

「仙人とは随分若い姿なのだな。驚きだ。驚くほどの長寿なのであろう」

「人に比べるとそうかもしれません」

こう見えて、人の年では三十歳を過ぎているのだが、仙界で長く過ごしている影響で外見は二十歳くらいだ。兄弟子の中でも優に百歳を超えている者がいるから、長寿ではあるだろう。

「なんと羨ましい。儂はこの通り老いた身。長くはあるまい。だからこそ、命のある間に次期王にこの都と民を譲らねばならんのだ。――仙人よ、どうか今、このときに次期王を選定してはくれまいか」

「ぼ、僕が、ですか!? それはちょっと……」

都の命運を決めるような、そんな大それた選択など、仙人見習いの自分ができようはずがないと咄《とっ》嗟《さ》に言いかけたが、師の声が遮った。

〈待て待て、断るな。引き受けろ〉

「でもっ。面白半分だとしても限度があります!」

蓮可は小声で言い返した。

こちらの様子を視《み》ているということは、蓮可が焦っていることにも気付いているはずだ。それなのに「引き受けろ」とはとんでもないことを言う師だ。

〈なに、お前がいいと感じた者を選べばいいだけだ。臆することなどなにもない。それに私が付いて

いるだろうが〉

「……」

確かにそうだが、仙人見習いでしかない自分が「いいと感じた者」を王に決めるだなんて、ゆくゆくは都や民の命運を握るような人物だ。安易には決められないはず。

人界でしか生えていない薬草を調達しに来ただけなのに、とんでもないことになってしまったと、蓮可は青ざめた。

「引き受けてくれるかね、仙人よ」

「う……」

「嫌です」と言いたいところだが、遥か彼方の仙界から師が睨《にら》みを利かせているような、ちくちくとした痛みが全身に刺さるので、蓮可は渋々と頷《うなず》いた。

「おお、感謝する！」

真実を知らない王だけが頗《すこぶ》る喜んで、蓮可の手を握りながら幾度も上下に揺さぶった。初対面にもかかわらず、随分と懐かれている。王は気さくな方だ。

「実は既に候補を選んでおるのだ。皆を、ここへ！」

王の号令とともに広間の扉が開き、次期王候補が三人、ぞろぞろと下臣を連れながら現れた。

一人は五十間近の恰幅《かっぷく》の良い、鰻《うなぎ》顔の男だ。

もう一人は骨と筋だけの鼠《ねずみ》のような顔をした男。

三人目は見るからに陰険そうな狐《きつね》顔の男で、鰻、鼠、狐、と、随分個性のある面子《メンツ》を揃《そろ》えたなと……蓮可は密かに感心している間、三人は我先にといった様子で、口角から唾《つば》を飛ばしつつ早口で「仙人様」を褒め称えた。

彼らは都でも有数の貴族なのだという。

「都一、いや三国一の美しさ」だの「知性が溢《あふ》れ出ておいでだ」だの「選ばれた方が持てる御髪《おぐし》に違いない」だのだの。出会って数分で次から次へと褒め言葉が出てくるあたり、王の腰巾着といったところだろうかと蓮可は思い、そっと苦笑した。

「仙人よ、いかがかな？　この者たちの中に王気を見出《みいだ》せそうだろうか」

「はあ……」

玉座に戻った王が期待を滲《にじ》ませながら身を乗り出して尋ねてきたが、蓮可の反応は微妙だった。

そもそも王気と言われても、蓮可にわかるわけがないし、しかもこの三人の候補者よりも寧《むし》ろ、脇に控える下臣のなかの男性二人に目が行ってしまった。

一人は長身で肩幅もしっかりとした、いかにも武人といった雰囲気の男性だった。

眉が凛々《りり》しくて、きゅっと引き結んだ唇に意志の強さを感じる。しかし目元から優しさを感じられて、彼がけっして怖いだけの男ではないと容易に想像が付いた。

もう一人は対照的に文官と言わんばかりの、線の細いすらりとした男性で、知性に溢れた涼しい顔立ちをしていた。しかし不思議と嫌味な空気はなく、先の男性と同じく親しみがある。

どちらも銀髪の珍しい髪色をしていた。

容姿こそ真逆の雰囲気だがその風貌はよく似ていて、直接尋ねなくても兄弟なのだろうと察するほどだ。

腰巾着の三人よりも彼らのことを詳しく聞いてみたかったが、それが発端で二人が候補者に妬まれてもいいことはないだろう。蓮可はすぐに察して、口を噤《つぐ》んだ。

「まだお逢いしたばかりでなんとも判断ができません。少しのお時間を頂きたいです」

そしてあとで師に助言をもらおうと誓い、蓮可は王に返事をした。

機会があれば、銀髪の兄弟二人とも話をしてみたい。――そんな下心のような好奇心が胸を疼かせていることに気が付いて、少しだけ気恥ずかしくなった。

蓮可の提案に、王は快く頷いた。

「いいだろう。ぜひともこの城に滞在して、じっくりと吟味してくれ。今宵は宴としよう。盛大にな」

「あっ、いや……っ。――……はい、ありがとうございます」

宴よりも薬草の調達が、とおもわず言いかけたが、王には何も話すなと師に釘を刺されていたのだった。

蓮可は慣れない地で居心地の悪さを覚えつつ、渋々と頭を下げた。

＊

王が「盛大に」と宣言しただけあり、宴は大層賑《にぎ》やかなものだった。

王と蓮可、そして三人の時期王候補の前には食べきれないほどの膳が幾つも並べられて、杯にはなみなみと酒が注がれる。

休む間もなく美女たちの踊りやら様々な舞踊や歌、奇術がはじまり、人の娯楽をはじめて見る蓮可は目がチカチカした。

こうしている間も暇さえあれば酒やら食事を勧められ、蓮可が仙人だと勘違いしている候補者たちは、隙あらば次々と媚《こ》びを売ってくるしで心底疲れさせる。

彼らは饗宴に随分と慣れている様子で、遊女を侍らせながら自慢話に花を咲かせている。持て成されている蓮可よりも愉しんでいるようだ。一方の蓮可は彼らの欲に当てられて、少しばかり胸焼けがしてきた。

心なしか広間の空気が淀《よど》んでいるように見えるほどだから、やはり清浄に満ちた仙界と人界とでは空気も違うのだろう。料理の味も普段食べる物より味が濃くて喉が焼けるほど塩辛いし、酒で流そうとしたら、師に〈酒はまだ早い〉と念話で叱られてしまった。

そんな師の声すら掻《か》き消すような賑やかな歌劇がはじまり、歌姫までもが蓮可に熱い視線を送ってきた。歌姫どころか演者たちや奏者たちまで熱い眼差《まなざ》しを向けてくる。

仙界では修行するよりも、寧ろ師の雑用をしているほうが多いような半人前だ。

過剰に持て成されるあまり、いよいよ気疲れしてげっそりしはじめた頃、優しく肩を叩《たた》かれた。

ふいなこともあり、びくっと小さく肩を弾ませた蓮可が振り返ると、あの銀髪の青年の一人が穏やかに微笑《ほほえ》んでいた。文官だとすぐにわかるような、線の細い青年のほうだ。

「宰相代理の繚俐《りょうり》心《しん》と申します。お食事があまり進んでいないご様子。旅の疲れもございましょう。お休みになりますか？」

「それは」

有り難い提案に、蓮可は咄嗟《とっさ》に瞳を輝かせた。

しかし王直々に開いてくれた歓迎の宴なのだ。本日の主役が座を離れてもいいものか。蓮可はすぐに返事を詰まらせた。

「有り難いです。でも……」

「王より退室の許可も得ておりますので、ご安心下さい。無理をしてこの場に留《とど》まられるより、どうか躰をお休めになってください」

「では、御言葉に甘えます」

席を立つと、玉座で王がわかっていると言うように頷いた。蓮可はその場で王に向かい一礼して、俐心の案内で広間を出た。

広間を出る直前に、もう一人の銀髪の青年が傍らに付いた。

「警護を致します」

「あ」と声を洩らすよりも先にそう言われ、蓮可は慌てて頭を下げた。

「は、はい」

横に並ぶと頭一つ分高い。

蓮可は静かに驚いて、おもわず見上げてしまった。

男の顔を見ると、錆色《さびいろ》の双眸と目が合った。途端に、す…と冷ややかに目を細められる。心なしか拒絶めいた雰囲気を感じてしまい、蓮可はたちまち萎縮してしまった。

「兄の毅焔《ぎえん》です。武人ゆえ、無愛想なのはお許し下さい。武官の中でも将軍の身。剣の腕は確かです」

「毅焔将軍、蓮可と申します。宜しくお願いします」

にたび頭を下げた蓮可に、二人は少し困った様子で顔を見合わせた。

ごほん、と毅焔が咳払いすると、俐心が再び歩きだし二人は後を追う。

広間を出ると、帯刀した近衛兵までもが後ろから付いてきた。

仙人と間違われているからだろうか、とんでもなく厳重な警護に蓮可は申し訳なくなるばかりだ。

蓮可の気持ちとは裏腹に、広間から洩れ聞こえてくる弦の音色が歌声と笑い声に交じり、随分と賑やかだ。しかし広間を少し離れると、不思議と城内は静まりかえり、夜気が重たく停滞しているようなそんな心地がする。

蓮可を一層緊張させているのは、毅焔の存在だった。

彼の手は常に剣の束《つか》に触れた状態で、横で並んで歩いていてもピリピリと張り詰めた空気を纏っていた。背筋がすっと伸びて、いかにも真面目そうな武人だ。

外見は三十前くらいだろうか。仙界に長くいるからか、人の外見と年齢の判断がつきづらいが、若さ以上に経験を積んだ自信が溢れているように感じられた。

「――何か？」

「えっ、あ、いや……な、なんでもありません」

無意識にちらちらと見てしまっていたのか、突然毅焔が蓮可を見た。

尋ねたその声が怖くて、慌ててかぶりを振って焦った声を出す。

「兄上」

前を行く俐心が振り返り、優しく窘《たしな》める。

「厳重な警護にさぞ驚かれたでしょう」

「はい……僕はそんな大層な身分ではないですから、その……物々しすぎやしないかと」

仙人ではない。と、打ち明けていいものかどうかで悩みつつ曖昧な答えしか言えず、蓮可は困り顔になった。

「国の指針を示されるお方が重要でないはずがありません。しかしこの警護には別の意味があるのです」

俐心は言い、更に続けた。

「実は近頃都は治安が悪くなり、魔物の目撃が後を絶ちません。厳重な警備とはいえ、相手は魔物。いつ城内に入り込んでもおかしくはないのです」

「魔物が出るんですか？　都なのに……」

魔物が棲《す》んでいるのは山や渓谷が殆《ほとん》どで、人里は避けると聞く。ましてや王都ともなれば、にわかに信じられないことだ。蓮可が驚くと、俐心が目尻を下げた。

「都は王の王気で守られていると聞きました。……やはり次期王の選定は必須ということなのでしょうか」

「新たな王が決まれば徐々にその王気は都を覆い、魔物を遠ざけることになるでしょう。我らはそれを期待しています。歴史が変わるとき情勢が不安定になるのは必定。それまでの間、耐えるのみです。そのための重要な警護なのですが、兄は少々警戒しすぎかもしれませんね」

何か言い返すかと思いきや、毅焔は眉尻をひくりと痙攣《けいれん》させただけで、こちらを見るなと言わんばかりに、すっと顔をよそへ向けてしまった。

「兄上。仙人様が脅えておいでです」

「あっ、僕は、そんな」

蓮可は慌てたが、当の毅焔の態度は変わる様子がない。寧ろ堂々とさえ見える。

「申し訳ありません。兄上は職務に熱心な人なのです」

「いえ、いいんです。僕のことなどお構いなく。お二方の気を遣わせてしまっていることが、寧ろ申し訳ないくらいです」

「もったいない御言葉です。――さあ、お部屋はもうじきです」

いつの間にか足を止めていた俐心が再び歩きだし、蓮可は後を追った。

瑞鳥の背から見た閻羅城はさすが王の居城だけあり、その規模は相当な広さで、いざ移動するとなるとかなりの距離を歩くことになる。

人界へ入った途端に躰が少し重たくなったような気がしたが、棟から棟へと進む間に、仙界ではなかった疲労がじわじわと躰に纏わり付いてくる。

一体どれほど歩くのだろう……と、二人に知られないように吐息を零すと、桃色の大ぶりな花が無数に咲く美しい庭へと入り、朱色が鮮やかな館へと案内された。

「素敵な館ですね」

蓮可が言うと、俐心が教えてくれた。

「花祥館《かしょうかん》といいます。ここは国の大切なお客様にだけ開かれる館です」

これで漸く休めると、蓮可は胸の内で安堵《あんど》する。館には若い娘たちが控えていて、うやうやしく頭を下げられた。

「必要な物があれば、女官たちにお申し付け下さい」

「あのっ、一人がいいんですけどもっ」

館の前で一礼して去ろうとした二人に、蓮可は声を裏返して慌てて訴えた。

「外の警備は兵士がするとしても、身の回りのお世話ができません」

「自分でしますっ。なんでも自分でできますし、もし困ったことがあれば呼びますから。ですから、その……一人静かにさせて頂けるとありがたいのですが……駄目でしょうか？」

王城へ連れて来られてからというもの気疲れし通しで、すぐに寝床でごろりと躰を休めたいのに、女官などいられたら身の置き場がない。

仙界ではただでさえ異性とは無縁だったから、白粉《おしろい》の香りがするだけで緊張するほどだ。

さすがに音を上げた蓮可が切に訴えると、俐心は少しの時間考え込んでいたが、最後は頷いた。

「では御用の際は鈴を鳴らして下さい。枕元にあるかと」

「わかりました。ありがとうございます。――では、おやすみなさい！」

女官たちが出たのを確認した後、蓮可は扉を閉じた。

扉が閉じられる瞬間、銀髪の兄弟がなんとも言えない顔をしていたが、今は一刻も早く一人になりたくて、変に思われたかもしれないと不安になったがそれ以上は考えられなかった。

いっそ閂《かんぬき》を掛けようかと思ったが、それでは何かあったとき兵士が駆けつけられず、叱責を受けるかもしれない。気を遣いすぎてへとへとだ。

蓮可はふらふらとした足取りで寝所を探し、漸く寝台を見付けるとばったりと倒れた。

「はあ……長い一日だった」

生まれ故郷である王都閣領へ到着したまでは良かったが、師のおつかいという本来の目的を何一つ達成することができないまま、気が付けば王城にある館の寝床に倒れ込んでいる。

しかもおつかいだけのはずが、時期王の選定をするなどという大役まで仰せつかってしまった。

「御師様、視ていらっしゃるんでしょう？」

突っ伏していた枕から顔を起こして尋ねると〈ふふふ〉と、意味深な笑い声が返ってきた。

「からかっておいでなら意地悪が過ぎます。本当のことが言えずに、大変な役目を請け負ってしまいました。僕ごときが、本当にどうしたらいいか……」

仙界で修行をする身だが、その実力は落ち零れの末弟子だ。そんな自分が次期国王を決めるなどと、改めて事の重大さにプレッシャーで押し潰《つぶ》されてしまいそうだ。

「ああ……選定などきっぱり断って、帰れば良かった。おつかいもできない馬鹿弟子と兄たちに嗤われたほうが全然気楽でした」

〈まあ、そう卑下するな。お前の悪いところだよ、蓮可〉

「そうは言いますが……」

いつになく優しい声で師は慰めてくれたが、毅焔将軍の拒絶めいた雰囲気を思い出すと、あまり歓迎されていないのではないかと思えてくる。

王候補である三人の貴族も歯の浮くような賛辞を次々と並べ立てて、そのくせ腹ではなにを考えているかわからない雰囲気だった。

わからないといえば銀髪の弟俐心とて、親切そうではあったが兄のあの様子を見てしまったら、本心はどう思っているのか、そんな疑いを持ってしまう。

王都へ来る前は、生まれ故郷へ降り立つのだと胸の高鳴りが抑えきれなかったが、いざ憧れの地を訪れてみたら大変なことになってしまった。

言葉も出ずにしょんぼりとする蓮可に、師は〈これこれ〉と少し呆《あき》れた様子だ。

〈気楽にいけ、気楽に。生まれ故郷へ行けると喜んでおっただろうに〉

「そうですが……正直なところ心配でなりません。ただでさえ慣れない人界で、知らない土地だというのに、大変なお役目までも。僕ごときが」

〈ごときはやめろ、ごときは。お前の悪いところだと何度も言わせるな〉

ぴしゃりと言われ、蓮可も流石《さすが》に口籠《くちご》もった。

〈お前は私の弟子だということにもっと自信を持ちなさい〉

「……はい」

〈しみったれた声！〉

「はっ、はい！」

遠く離れた距離とはいえ、念話で易々《やすやす》と会話ができてしまうような師だ。機嫌を損ねたら、雷の一撃でも落とされそうで、蓮可はぱっと身を起こして寝床で正座になった。

「御師様、そういうわけで薬草を持ち帰るのは少し遅くなりそうです。お役目を引き受けたからには、しっかり選ばなければなりません」

〈ほう？　お前、随分後ろ向きだったが、引き受けるつもりではあったのか〉

　意外そうな声に、蓮可は少しむっとした。

「本来は御師様がすることでしょうに。未熟な僕が誤った王を選んでしまい、都が落ちぶれたなんてことがあったらどうするのですか」

〈なに、そのときはそのときだろうさ。人の世はいかに私とて容易には動かせぬのだよ〉

「そうだとしても、せめて王は正しい人でなければ」

　しかしあの三候補の個性的な顔を思い浮かべても、この人だと思う者は今のところいない。

「本当に僕が選べるのでしょうか。ああ……いけない。また不安に……」

　蓮可は起き上がったばかりで、すぐさま枕に突っ伏した。

　王都へ漸く来られた喜びが素直に愉しめないというのは、つらいことだ。

　せめて歓迎されているならまだしも、毅焔将軍のあの冷たい雰囲気ときたら、思い出すだけでぐさぐさと胸を抉《えぐ》ってくる。

〈しっかりおし。これも一つの修行だと思えばいい〉

「修行、ですか。――例えばどのように？」

〈人を見る目を培う修行だな。お前はよく、兄弟子のイタズラに引っかかっては嗤われているだろう。ここで人をよく観察するといい〉

「はあ……観察ですか」

〈ああ、そうだ。人を、そしてこの生まれ故郷を見るといい。——そうだな、お前に一つ選択を与えよう〉

「選択？」

蓮可は再び顔を起こし、のろのろと半身を起こした。

「それは一体なんですか？」

〈うむ。このまま私の元で仙人修行を続けるか、人として人の世に戻るか。その選択を、滞在中に決めるといい〉

急に飛び出したとんでもない提案に、蓮可は「は!?」と、声を裏返した。

「なっ、何を言い出すんですか!?　僕はあくまでもおつかいでこの都に訪れただけであって、そんなつもりではありません！　確かに修行は大変ですし、才能がないと思うことばかりですが、ですが、僕はっ」

〈こらこらこら、考え過ぎるな。悪い癖、悪い癖〉

「あっ…すみません。で、でも！　けれど、これは悪い癖以前の問題です！」

また窘められてしまったが、そもそもはこんな突拍子もない選択を、話の流れでいきなり提示してくる師が悪いのだ。

ただでさえ今日一日さまざまな出来事があり、気持ちもいっぱいいっぱいになっているのに、追い打ちをかけるような話題に、蓮可もつい鼻息が荒くなる。

「兄たちと比べて、僕が無能だからでしょうか。仙術も身につかないし、雑用を頼まれても失敗しては叱られてばかりですし。ですがっ、やめたいなどと思ったことはないですよ!?」

〈まあそう怒るな。いじけるな。これは兄たちにも言ってきたことだ。お前だけが特別というわけではない〉

　蓮可を落ち着かせるように、至極落ち着いた口調で師は言った。

〈私の元で修行する者たちは、皆、人界に故郷がある。赤子の頃に仙界へ来た者ばかりだから仙界のほうが慣れ親しんでいるだろうが、それはそれ。人として人界へ戻る選択肢はあるのだよ。いずれはどちらかを選ぶのは、いわば通過儀礼というものだ〉

「通過儀礼……ですか」

　そんなことを言われても、ただ困るだけなのだが。

〈困って悩んで出す答えだから意味があるのだろう。折角だから人や街を観察して、考えてごらん。自ずと納得のいく答えが出るだろうさ〉

「はあ」と、蓮可は曖昧な返事をすることしかできなかった。

　仙界から遥々薬草を探し求めに王都へ来たはずが、次期王を選ぶことになり、挙げ句の果てには仙界に留まるか、人界で暮らすかという選択をすることになってしまった。

　たった一日で重大な任務が一つから三つに増えてしまうだなんて、今日は一体どんな厄日だろうか。

「頼まれてしまった以上は励みます。次期国王を選んだのち、薬草を持って仙界へ帰りますから」

王都に心地よい郷愁を感じてはいるが、憧れと生活は別物だ。

物心ついたときから仙界の空気に馴染《なじ》んでいる以上、蓮可には人としての暮らしが想像できないでいる。

恐怖心こそないが、王都に対しての憧れ同様、仙界にも深い親しみを抱いているのだ。

とんでもない選択を託されてしまったが、自分の気持ちは殆ど仙界へ向いていた。

〈急《せ》かしたりはせんよ。この状況を遠目に眺めているのも、いい暇潰しになるからな〉

「だから御師様が直接出向かず、僕を王都へよこしたのですか？」

師は千里眼を持っているから、この騒動は見抜けたはず。そうと知っていて、敢《あ》えて蓮可をよこしたのなら意地悪だ。

眉を顰《ひそ》めながら尋ねた蓮可に、師は〈ふふふ〉と再び意味深に笑い、念話を閉じた。

「もう、御師様ときたら」

師の気配が消えてしまったことに気が付いた蓮可は、むくれて最後に愚痴を零した。

「きっと気付いているだろうけれど、栄えた都でも魔物が出ることを伝え忘れてしまった……。ああ、御師様はこの国をどうしたいのだろう……。王を決めたのなら、この国を作ったも同然だろうに。心配ではないのだろうか……」

この呟《つぶや》きもきっと届いているだろうが、じっと待っていても師からの返答はなかった。

旅の疲れと気疲れも相まって、そのうち蓮可はうとうとしはじめた。
目蓋《まぶた》が自然と閉じていき、眠りに引っ張られていった。

*

——夜が更け、月も星も雲に覆われた一瞬の隙を突き、花に囲まれた花祥館の屋根に音もなく魔物が一匹降り立った。

虎よりも大きな体軀《たいく》を子猫の大きさにまで縮めて、明かり取りの小窓の隙間からするりと館の中へ潜り込んでいった魔物は、静かな寝息の聞こえる寝所へと真《ま》っ直《す》ぐに向かう。

その姿を寝床に見付けた直後、花よりも可憐で清らかな香りが鼻腔を抜けていき、魔物はあまりの薫香に興奮して全身の毛をざわざわと逆立てた。

この地上で嗅いだことのない香りだ。仙人とはやはり特別な存在なのだろう。

ああ、喰《く》ってみたい。喰いたい。

ぐるぐると喉を鳴らしながら、牙の隙間から涎《よだれ》を垂らした。

魔物は長らく空腹に耐えていた。しかしただの人を喰ったところで大した腹の足しにもならず、餓《う》えを満たすには王気を纏う者か仙気を持つ者——つまり王族か仙人を喰らうしかないのだった。

久方振りの御馳走を前に長年癒えぬ餓えが酷《ひど》く疼く。しかし魔物はぐっと耐えて、一歩後ずさった。

この仙人が次期王を決めたあと、王と仙人も喰らう。そのほうが餌が倍になる。

目先の御馳走は魅力的だが、餌が倍になれば尚嬉《うれ》しい。とはいえ、長年の空腹は御馳走を前にして喰え、喰らえと訴えている。それを懸命に耐えながら再び屋根の上へと戻り、月明かりが雲に隠れた隙を狙い、空を飛んだ。


王城は邪気が漂い、心地のよい静寂があった。

人気《ひとけ》のない回廊へと降りると、魔物は王へと姿を変え、何食わぬ顔で寝室のある棟へと歩きだした。

空腹を訴える腹をさすりながら——。


ふと、何かの気配を感じた気がして、蓮可は寝床から起き上がった。

「ん…？　なに？」

目覚める直前まで寝所に何かいたような気がしたが、気のせいだったろうか。

蓮可は一度眠ると、起きる時刻まで目覚めることがないくらいの快眠体質なのだ。途中で目覚めることなど本当に珍しいと寝ぼけながらに思った。

きっと旅の疲れと慣れない土地に気が張っているのかもしれない。

蓮可はそう考えて、再び寝床に横たわる。

布団を引き寄せて肩まで掛けると、再び眠りの中に落ちていった。

＊

――物語は少し時間を戻し、蓮可が花祥館の扉を閉めて寝所へ向かった直後、銀髪の兄弟は同時にそれぞれ違った態度を見せていた。

弟俐心は兄毅焔へ鋭い視線を向け、一方兄の毅焔は拒絶するように斜め上を見上げた。その子供じみた兄の反応に俐心は眉尻を吊り上げた。

「兄上はこちらへ！　皆は配置につくように！　あとは任せましたよ」

士官の視線がある手前、将軍を怒るわけにはいかず、俐心は兄に代わって口早に兵士に指示を出し、その兄の腕を取り、急ぎ足で庭を出た。

「夜はこれからだ。警護しなくていいのか？」

「副将軍がいるでしょうに。王からの命令は館までの警護でしたし、それに上役が二人もいては近衛兵が落ち着きません。我々は休めるときに休みましょう。それも立派な仕事です」

口を挟ませぬ勢いで次々と正論をぶつけてきた弟に、無口なほうだと自認する兄は言い返すことより先に根負けして「そうか」と短く返事をした。

「とにかく城から出ましょう。どこで誰が聞いているかわかりませんしね」

そう言うと、兄の腕を再び引っ張りながら弟が先を歩く。

兄の毅焔は二十八歳と働き盛りの男だ。

名家の出身だが、十代の頃から諸国を旅しながら武者修行に明け暮れ、三ヶ月前に王都へ戻ってきたばかり。病みがちな父に代わって宰相代理を務める弟と違い、未《いま》だ城内で迷うことがしばしばあり、弟の誘導は不本意だが有り難かった。

馬車に乗り込み、西側の通用門から城を出る。

後方で通用門の扉が閉ざされたと確認するや否や、「兄上！」と今まで我慢してきたぶん、前に座る俐心が不満を露《あら》わにして鋭い声を上げた。

咄嗟に（まずい）と胸の内で呟いた毅焔がたちまち険しい顔になる。頑固そうに唇を引き結んだと同時に、追撃の一手が尚も刺さった。

「仙人には愛想良く。――と、あれほど約束したではありませんか。まさか、仙人が思っていた以上に若くて可愛らしい容姿だからといって、緊張したわけではありませんよね!?」

「してはいない」

毅焔は毅然として答えた。

「ならば愛想笑いの一つもできたでしょうに。あの様子では、兄上に対して確実に脅えていましたよ。殺気こそなくとも、熊でも脅えるような威圧はおやめ下さい」

「だがな、俐心。あれが仙人であるはずがない。王が連れてきたのだぞ。魔物に決まっている」

一見頑固そうな風貌の毅焔は、その予想を裏切らず力強く言い放った。

「当然私とて、あれが魔物ではないかと疑っています。その気持ちは変わりません」

当人がいないのをいいことに、あれ呼ばわりした俐心は少しばかり声を潜めた。

甚神仙人は千里眼という現在過去未来を見通す能力があるのだと聞く。

揺れる馬車の中で二人がこうして話している会話さえ、聞き耳を立てられていてもおかしくはないのだ。それを警戒しているのだろう。

「ですが兄上、王を討つのは――いいえ、王に化けた魔物を討伐するのは、父の悲願であり繚家の使命なのですよ」

「わかっている。わかってはいるが」

頭では理解しているが、感情が言うことを聞かないようだ。頑固で生真面目な兄らしい反応に、やれやれ…と、俐心は微苦笑するばかりだった。


――遥か昔。この地へ降りて国王を決めた甚神という名の仙人は、三十年以上も前に繚家の屋敷に一度だけ現れたことがあるという。これは父と兄弟と近しい者たちだけが知る話だ。

仙人はまだ若い父の枕元に現れた。

その頃、国は大変な疫病に見舞われ都中に死者が溢れかえった。

疫病を沈静化させるため仙人の登場を願う祈禱や儀式が幾度となく行われたが姿を現すことはなく、

一計を案じた王と高官たちは生贄《いけにえ》を差し出すことに決めた。

都の側には聖域と呼ばれる山がある。

仙人がはじめに降り立った地と呼ばれ、厳重に守られてきた。

歴代の王は国の危機のたびに近親者を生贄に出す習わしがある。

王は最後の最後まで決断を渋り、なんとしてでも仙人を呼び、打開策を得たいと願ったがそれは叶わず、一人息子である生まれてすぐの王子を山へ捧げることになった。

山へ連れて行く役目を負ったのが、毅焔と俐心の父だった。

その日、赤子を山の中へ一人置き去りにしてきた父は、後悔と自責の念に駆られ、飲めない酒を呷《あお》り、一人涙に沈んだという。

消沈し、気絶するように寝床に倒れた父は若い男の呼ぶ声に気が付いた。

しかし酒で朦朧《もうろう》とする父はその声に目蓋を開くこともできずに呻くばかり。

ぽん、肩を叩かれると、躰からすうと酒気が抜けて瞬く間に思考が明瞭になった。呼ばれた声に漸く顔を起こすと、青年は自身を甚神仙人と名乗り、王子は保護したと父に告げた。

『王は魔物が化けたもの』

そう言い、『王が我が子を生贄にすることを躊躇《ためら》ったのは、大きく育ててから喰らおうとしてそれが叶わぬからだ。一族もまた魔物にされている』

『いずれ次期王を喰らおうとするだろう』

仙人の言葉に青ざめた父は、魔物を倒す術をすぐさま乞うたが、その力はないと告げられ、『だが時が来れば必ずや術を送ろう。その間、兵士を育て、民を守れ』と約束し、託された。

最後に『王子は私が巣立ちの時まで育てよう。一目でそれとわかるよう、印を付けた』

印とは、と尋ねた父の胸に仙人は仙術で何かを刻んだが、それを確かめるよりも先に音もなく消えてしまった。

『今、その印を魔物に知られてはならない。いずれそなたの子に現れるだろう』

「――そうして生まれたのが兄上です。父の話は酔っ払いの夢物語ではないという何よりの証しが、その胸にあるでしょう」

むう。と、毅焔は着物の上から左の胸板を摑《つか》んだ。

父が受け取った見えない印は、毅焔に引き継がれ胸の大痣となって現れた。

王や王族への発覚を恐れた父は毅焔を幼い頃から里子へ出し、表向きは修行と称して隠密に魔物討伐の兵を集めさせたのだ。そして三ヶ月前、父が長らくの心労を煩い倒れたという知らせを受けて、王都へと帰ってきたのだった。

「ではあれが真の仙人ならば、『術』とやらを持って降りてきたということか。あの巨大な孔雀のような白い鳥に乗って」

「そうなるでしょうね」

しかし毅焔の顔はにわかに信じがたいというしかめ面だし、俐心も似たようなものだ。

「瑞鳥の特徴は、書物の通りです」

「魔鳥が化けたのやもしれんぞ。山深いところでは魔物の鳥が巣を作ると聞く」

毅焔が負けじと言い返した。

「王都は既に魔物だらけと予測するならば、魔鳥の一匹が迷い込んでも何ら不思議ではない。どこからか我らの策略が洩れて、宣託を託されたことを知り、罠を仕掛けている可能性だってある、王の仲間が仙人の振りをしているかもしれんぞ」

その姿が美しいだけに、ぞっとする思いだと毅焔は眉を顰めた。

「罠を仕掛けてきたというなら、乗ってみるのも手でしょう」

俐心は言った。

「魔物の懐に飛び込めば、魔物であることの何よりの証拠が摑めるかもしれません。これは好機です」

「随分と危険な」

毅焔は警戒心を露わにする。

「けれど、こうも考えられます。もし本物の仙人であれば、我らの態度次第で『術』とやらを与えてくれるかもしれません。もしかして今は我らが『術』を受け取るに相応《ふさわ》しいかどうか吟味している真っ只中《ただなか》かも」

「まさか……いや、しかし仙人は千里眼を持つと聞く。我らが件の繚家の者だということは知っているはず……しかしな」

「魔物という線は捨てきれない。——と、兄上は仰《おっしゃ》りたいんでしょう。わかっています。ですが、どちらにせよ仙人を拒絶することだけはいけません」

ぐ。と、呻いた毅焔に、俐心は目を光らせた。

「罠を仕掛けるのは我らです。兄上、愛想笑いの一つや二つ、できないあなたではないでしょう」

二十歳半ばで宰相の代理という重要な役職を預かるだけあり、俐心は頭の回転が速い。

我が弟ながら大したものだと、毅焔は密かに感服すると、「わかった」と、覚悟し唇を引き締めた。

「愛想笑いの一つや二つ、いや三つくらいはしてやろう。渋々だがな」

「結構ですとも」

俐心は納得して頷いた。

漸く二人の緊張が解けると、馬車が屋敷の門を潜《くぐ》っていった。

＊

朝、木戸を叩く音で蓮可は目を覚ました。

また修行に遅刻すると焦って飛び起きたが、見覚えのないやたらと華美な寝室に気が付いて、昨日の出来事をすぐに思い出した。

「ああ……夢だったらどんなに良かったか」

楽しみでどきどきしていた人界へのおつかいのはずが、国王から次期王選びを任されてしまい、挙げ句の果てには仙界か人界どちらで暮らすかと、我が身の人生の選択まですることになってしまった。

いつも兄弟子たちに嗤われているように大した能力を持たない蓮可が、一人前の仙人になるためには長い年月が伴う修行と相当の苦労を要するだろう。過酷な修行は覚悟の上だったが、人界で暮らすことなど一度も考えたことはなかった。

しかし師は「考えてみろ」と言う。

仮に考えたところで、どうやって暮らしていけばいいのやら。

急に気鬱《きうつ》になると、心なしか躰まで重たく感じられ、ほんの少しの気持ちの悪さを覚えた。

腹痛とも胸焼けとも違うような怠《だる》さだ。仙界では、不調があっても師の出す薬を煎じて飲めば大抵のことはたちまち治ってしまうため、不調を覚えたことなど殆どないから、少しばかり不安になった。

　難問の後に不調とは。さて、困ったぞ。と、胸やら腹やらを摩《さす》りながら寝ぼけ眼で思うと、頭の中で溜《た》め息《いき》の音がした。

「御師様、おはようございます」

〈おはよう。普段なら大寝坊の時刻だぞ、蓮可〉

「う…」と、呻いた蓮可の顔が強張《こわば》った。やはり寝坊していたようだ。

〈まあいい。あまり調子が良くないようだな。というよりも、気から来る病か〉

「……そうなのでしょうか。まあ、気に病むような難しいことが急に押し寄せてきましたし、否定はできませんが」

〈慣れない土地の気疲れもあるだろうしな。今日は城に留まらず、気晴らしを兼ねて外の空気を吸うといいぞ。堅苦しい城の中よりも、ずっと賑やかでいい〉

「ですが次期王の選定もありますし、僕一人だけが街に出るわけにも。――あ」

　蓮可はふと思いついたが、浮かんだばかりの案をすぐさま没にした。

〈なんだなんだ言ってみろ〉

「いえ……どうせ無理だと思いますが、候補者のお三方もお誘いしてはどうかなと。そうすれば人となりや、街の人たちの反応もおのずと見えてくるでしょうし。貴族であれば、お名前だけでも知っている方は多いのではないかと思ったのですが……」

〈ならばそれを王に提案してみるといい。観光の駄賃でも出してくれるのではないか〉

「えっ、いや、でも……お三方はお仕事があるのではないでしょうか」

〈有り難い仙人様からの提案だぞ。なーに、訊《き》いてみるだけタダさ〉

「はあ……」

その有り難いお方は遥か仙界に御座していて、蓮可を通じて覗《のぞ》き見しているのだが。

〈ところで先程から木戸をしきりに叩いている者がいるが、出ないのか？　外は今にも木戸を突き破りそうな雰囲気だぞ〉

「あ！」

仙人が棲む館では扉は常に開け放たれた状態だから、木戸を叩く習慣などそもそもなかった。

来客とは気が付かず、（煩《うるさ》いなぁ…）と暢気《のんき》に思っている程度だった。

寝室から飛び出して慌てて木戸を開けると、今まさに飛び込もうとする兵士と、その背後には槍《やり》を構えた三人の兵士が立っていた。

「すみません！　寝ていました！」

鬼気迫る兵士たちの様子に脅えて、蓮可はすぐさま謝った。

用意された着物を借り、朝の身支度を終えてから朝食を頂いたのち、再び王と対面した。

その際ダメ元で候補者三人と街へ出てみたいことを伝えると、王は嫌な顔一つせずに許可をくれた。

候補者たちも「それならば」と急に張り切り、豪奢な馬車を用意してくれた。

　蓮可としては本調子ではないぶん大人しめに過ごしたいところだが、候補者の間で今日は市街の観光と決まってしまったようで早速閻羅城を出た。

「本来なら今日は一日皆様の仕事ぶりを拝見したいところなのですが、慣れない城の空気に少し気晴らしがしたくて、我《わ》が儘《まま》を言って申し訳ありません」

　馬車が動きだしてすぐに蓮可が三人に詫びると、「なにを」と一斉に笑われた。

「仕事などというものは下々の者がするもの。我らがするべきことではありません」

　狐顔の男がただでさえ細い目を、更に細めて言う。

　貴族とは随分優遇された存在なのだな。と、蓮可は驚いた。

　王の候補に選ばれるような立場の人物なら、そういうこともあるのかと思ったが、同時にもやもやする感情が蓮可の眉を顰めさせた。

　大勢の兵士に守られ厳重すぎるほどの警備に、民は警戒しやしないかと密かに心配していたが、それは案の定だった。

「まずは芝居へ行きましょう。都で一番の人気を誇る芝居です」

　鰻顔の男の提案で着いた劇場の前では、物々しい馬車の様子に道行く民が足を止めて怪訝《けげん》な顔で眺めていた。

　三人が馬車を降りた途端に民の怪訝な顔は更に険しさを帯びたのがわかった。

皆が皆、何か不満を持った表情だが、口を噤みかぶりを振って歩きだす者や、こちらにわかるよう大袈裟《おおげさ》に溜め息を吐いていく者など反応はそれぞれで、蓮可が見るかぎり誰一人として良い印象を持たれてはいないようだ。

一目で不人気とわかる三人は、民の視線など知ったことではないという顔で劇場に入っていく。

兵士に守られながら蓮可も続いて入ると、三人の前に劇場主らしき男が現れて、特上の席を用意してくれた。兵士の中には昨夜の毅焔将軍もいた。

都一の人気を誇る芝居だと聞いたが、こういうものは劇場へ訪れてすぐに観られるものなのだろうか。

蓮可は人界のことはよくわからないから、鼠顔の男に尋ねると「我らは貴族。特別なのです」と誇らしげに言われて、（なるほど）と、少し切ない気持ちになった。

自ら「特別」などと胸を張り、「特別」であることを当たり前のように享受している者に、民の気持ちがわかるものだろうか。蓮可はそう思い小さく吐息を零した。

王となれば民を想い、良い国を作ろうと励むもの。

労働を知らず、常に特権階級にある者は、王となって何がしたいのだろうか――。

そんなことを思うと、やはりもやもやとした感情が募るばかりで、彼らの中の一人を王に選ぶ気持ちには到底なれずにいる。

芝居の最中も、左右から延々と自分たちがいかに恵まれた存在か、選ばれた存在かという自慢話を聞かされて、芝居を見るわけでなし。都一の人気の芝居ならば、兄弟子たちの土産話になるかもしれないと期待をしていたが、それも無駄に終わってしまった。

「次は都一の料亭に参りましょう」

芝居の余韻も味わえないまま馬車に乗り込み、今度は料亭へと連れて行かれる。

こちらも、突然の来店に店は大わらわの様子だ。

部屋を用意するとのことで、別室に通された。それでも煌《きら》びやかな部屋だが、貴族の三人は不満そうだ。申し訳ないと恐縮するのは蓮可だけで、三人は当然だという顔をしている。

貴族とは皆、こういうものなのだろうか。

疑問に思ったが、それを三人に尋ねるわけにもいかない。

この騒ぎを見に顔を出す客の視線が冷たい。

「偉そうに」

「お大臣様が来たよ」

ひそひそと文句を言う客の声がしたが、蓮可と目が合うと彼らはさっと逃げてしまった。

それだけで都の民が彼らをどう思い、感じているのか十分にわかった気がする。同時に余計に気疲れして、蓮可は暗い気持ちになった。

気分転換に城を出てみろと提案した師は、あれっきり黙ったままだ。

試しにそっと話しかけてみたが、返事はない。

こんなとき、一体誰に頼ればいいものか――と、疲労と原因のわからない落胆に弱気になっていると、ふと毅焔将軍の姿が目に入り、（あっ）と胸の内で小さく呟いた。

今朝、彼の姿は見えなかったが、王に謁見の最中は広間にいた。それから今まで一度も言葉を交わしてはいないが、ずっと警備の指揮をしてくれている。

毅焔は昨日こそ怖い雰囲気の青年だったが、兵士を指揮する姿は毅然としていて、しかしけっして威圧的ではない様子が、蓮可の目には誰よりも好印象だった。

貴族の三人にとって、毅焔将軍もまた下臣だ。その下臣が彼らよりも立派に見えるだなんて皮肉なものだ。

（どうにかならないのだろうか……）

一向に収まらないもやもやとした気持ちを癒やしたくて、半ば縋《すが》るように蓮可は毅焔の姿を目で追っていた。

蓮可の視線に気が付いているのか、将軍は視線を合わせようともしない。

昨日も冷ややかな態度だったし、相当嫌われているのだろう。そう思うと、もやもやとした不満感とは別に、少しの息苦しさを覚えて蓮可は困り顔になった。

今日は弟の俐心の姿は見えず、毅焔だけだ。

三人の貴族には散々自慢話を聞かされて少し嫌気が差している手前、今この場で心の拠り所にしたいのは彼だけなのだが、それもできそうにない。

気疲れも相まって蓮可がしょんぼりすると、漸く毅焔がこちらを見た。

（あ…）と、また胸の内で小さく呟いて目を見張ると、反対に彼が目を細める。

また不快にさせただろうかと急に不安になったが、昨日とは違う表情だ。

蓮可を警戒しているというわけではなく、怒っている様子もない。と言うよりも、何か言いたげな雰囲気のような気がする。彼が何を言いたいのか訊いてみたくなったが、そんなときにかぎって「部屋の準備が整いました」と店の者が迎えにきてしまった。

部屋へいく間も時折目が合ったが、蓮可から声をかけて三人に叱られてしまったら悪いと気が引けてしまい、結局物言いたげな視線の意味を訊くタイミングがないまま、一日を終えた。

夜、漸く城へ戻り、朱色の館へ来たときには既に蓮可はぐったりしていて、寝室の寝床に倒れるなり着替える間もなく眠りに落ちていた。

人々が寝静まった頃、朱色の館の屋根には魔物が一匹姿を現したが、その気配に今夜も蓮可が気が付くことはなかった。

＊

朝、師の呼び声に目が覚めて蓮可が半身を起こすと、また木戸が叩かれていた。

〈寝坊助め。兄弟子がいないのをいいことに、ぐうすかと寝おって〉

「すみません。昨日も昨日で気の休まることがなくて。昨夜はいつ眠ったのかも覚えていませんが、気が付いたら朝でした」

今日も寝室を飛び出し、木戸を開けると兵士が大木槌《きづち》を持って構えている。

皆、血相を変えた表情で蓮可を見るなり酷く安堵した顔だ。

城にも魔物が出るため、夜の間に襲われたのではないかと心配してくれているらしい。有り難さと申し訳なさとで今日も深々と頭を下げた。

身支度を整え、朝食を終えたのち王と対面したが、今日は選定を休ませてもらいたいと願い出た。

王は一日も早く決めてほしい様子で難色を示したが、選べるのは仙人のみだ。多少の我が儘も譲歩しようと思ってくれたのか、渋々と承諾してくれた。

ただし王候補三人がいない代わりに、毅焔と俐心の兄弟が蓮可の接待と警護を任された。

毅焔が警護を任されるのは昨日同様とはいえ、弟の俐心まで一緒とは少し驚いてしまった。

宰相代理というからには、若い身の上で国の治政を任されているのだろう。重要な仕事を担うその彼が仕事を休んでまで蓮可の接待をするのは流石に気が引ける。

「一人でも平気です」と、蓮可はすぐさま王に訴えたが、お目付役が必要と思われているのだろうか、良しとはしてくれなかった。

「……お仕事が忙しいでしょうに、私のような者に時間を割いてしまうことになり、本当に申し訳ありません」

謁見の間から出てすぐに蓮可が謝ると、二人は顔を見合わせた。

「頭をお上げ下さい。なに、兄上はこれが仕事。私は暫く休暇もなく働き詰めでしたので、仕事から堂々と離れる口実ができて寧ろ喜んでいるのですよ」

すかさず優しいことを言ってくれるのは、弟の俐心だ。

気遣いのできる頭のいい人という印象は、二日前と変わらない。

一方の兄の毅焔は二日経《た》ってもまだ堅物な雰囲気だが、昨日は少しだけ表情が柔らかくなったような気がしていた。そして今日も。

それに昨日料亭で見た物言いたげな表情の意味も訊けるかもしれない。蓮可は急に胸の高鳴りを覚えて、現金な自分の反応をそっと反省した。

花祥館へ戻り、三人で今日一日何をするかという話し合いになった。

しかし毅焰も俐心も遊びというものに縁がないらしく、街の流行にも非常に疎いことがわかった。

「私は十代から父の仕事の補佐をしていて、毎日屋敷と城の往復ですからね。兄上は街よりも、寧ろ山や森のほうが詳しいかもしれません」

「……否定はできん」

むう。と、凜々しい眉が寄り、眉間に深い皺《しわ》が刻まれる。いかにもな武人と、真面目で誠実そうな文官だ、ある意味印象通りだろう。

「では城内でのんびり、というのはどうでしょうか。大きな庭園もあるようですし」

「それはいけません」

「それは駄目だ」

もしかすると庭に目的の薬草があるかもしれず蓮可が提案すると、兄弟が同時に声を揃えて、咳払いをした。

「——昨日も観光されたそうですが、都には他にもたくさん見所があります。流行のお芝居は……ああ、昨日行かれたのでしたね」

毅焰から話を聞いたのだろう。

提案したばかりで俐心が困り顔になった。

「料亭にも行かれたそうですね。流石に花街へ案内するわけにもいきませんし、仙人様をおもてなしできそうな所は………兄上も考えて下さい」

黙ったきりの毅焔に業を煮やした俐心が小さく怒った。

二人の様子に苦笑しながら女官がお茶を出してくれる。蓮可は小さく礼を言い、早速一口飲んだ。

窓の外には大輪の花が咲き、のんびりと眺めながらのお茶の時間だなんて、仙界でもあまりなかったことだ。ほっこりする。

「俺が思いつくようなことなど、狩りか釣りくらいなものだ」

「慣れない都で仙人様に無理はさせられませんよ。それならば街外れに湯治場がありましたね。あそこはいい湯だと聞きます。仙人様もお疲れのご様子、今日一日疲れを癒やしてもらうというのはどうでしょうか」

「街外れとなれば距離がある。帰りは夜になるだろう。魔物が出る可能性が高まるぞ」

「う。……兄上の言う通りですね。一泊するとなれば王の許可が必要になるでしょうし」

二人はまた考え込んでしまった。

昨日は朝から晩まで三候補に連れ回されたが、どこへ行くにも彼らが決めてしまい、そのどれもが都自慢であり、優遇された自身の立場を蓮可に披露するものばかりだった。

悪く言えば自慢自慢の連続でほとほと疲れてしまったが、毅焔と俐心の兄弟は蓮可のことを考えて悩んでくれている。その誠実な様子に蓮可は静かに感動しながら、そっと笑顔になっていた。

王は三人の貴族を候補として立てたが、蓮可の目にはこの二人のほうが相応しいように思えるのだが、それは過ちなのだろうか。蓮可は小首を傾《かし》げた。

王自らが選んだ候補者だから、しっかりとした理由があるのだろう。片や蓮可が兄弟を推すのは、単に（いいな）と感じるだけで、そこに理由はない。

頭の天辺に雷が落ちるくらい衝撃的な直感が働いてくれたら、強気で王を説得するかもしれないが、特に直感や勘のようなものも働いてはいないし、今彼らを推薦したところで王は認めないだろう。

でももし、彼らの人となりをよく知って、やはり次期王として相応しいと確信できるのなら、躊躇わずに推薦するべきではないだろうか。

結果的に国のため、都のためになるのだから、そうするべきだろう。

蓮可はほのかに花の香りがするお茶を一口飲み、こくりと喉を鳴らして確信した。

二人は未だ蓮可をどこへ連れて行くべきかと頭を悩ませている。

蓮可が疲労していると気が付いていて、療養できる場所はどこかと考えてくれるその優しさが嬉しい。その姿を見ていると、もっと打ち解けてみたいと思うようになってきた。

彼らにとってはこれもまた仕事だから迷惑になるだろうか。ましてや、仙人見習いを仙人と勘違いしているわけだし、事実上騙《だま》していることになるわけだし……。

蓮可がもぞもぞとしながら悩んでいると、頭の中で師の咳払いがした。

（御師様、僕はこのお二人ともっと打ち解けてみたいと考えているのですが、どうしたらいいでしょうか）

〈お前はどうしたい？〉

尋ねているのに、反対に訊き返されてしまった。

（それは……）と、胸の内で呟いて、漠然と浮かんだことを答えていく。

（昨日三候補の方々に料亭へ連れて行っていただいたのですが、お三方ともお酒が入ると一層良くおしゃべりされたんです。ですから、お二人にもお酒を勧めてはどうかと思いました）

言い終えると、〈くくく…〉と師が笑う。

〈酔わせて人となりを見るのかい？〉

（はい。僕にはあのお三方よりもこのお二人のほうがずっと王として相応しい素養があると思うのです。けれど本心まではわかりませんし、なにより仲良くしてみたい……と、いうのが本音です）

答えながら少しだけ照れてしまった。

〈いいじゃないか。酒や宴は人を解放させるものだ。自分の勘に従ってみるといい〉

（勘だなんて、そんな大層なものでは。……本当にただ、なんとなくで）

そもそも昨日の一件がなければ、飲ませてみようだなんて微塵《みじん》も思わなかったくらいだ。到底勘だなんて呼べるようなものではなく、変に萎縮してしまう。

〈なんであれ、自分の気持ちに従ってみるといい〉

（はい）

蓮可は頷いた。

こうしている間も二人は不慣れなことに精一杯頭を悩ませていた。

卓上にはいつの間にか地図が広げられていて、所々に×印が付けられている。

魔物が出現している地区だの、迂回路だのと、物々しい話題になってきているなかで蓮可は口を開いた。

「あの、僕から一つ提案したいのですが、宜しいでしょうか？」

「それはまたどのような」

俐心が尋ねた。

「狩りと温泉と川下りは却下だ」

続いて毅焔が言う。

「いえいえっ。行楽がしたいのではなく、もっと気楽な場所ではどうでしょうか。例えば、御馳走ではなく、民が食すような料理やお酒が飲めるような店とか。都で暮らす人々の空気が感じられるような店などは」

「――飲み屋か」

毅焔が逞《たくま》しい腕を前で組んだ。悪くないという顔だ。

「それならば兄上の得意とするところでしょう」

俐心も急にすっきりとした表情だ。

漸く答えを見出すことができたことに喜んでいる。

「となれば、着替えが必要だな。いかにも高官、ましてや王城の賓客と一目でわかるような身なりでは、客に萎縮される」

「変装ですか!?　面白そうです！」

蓮可は目を輝かせた。

「このいかにも上等な着物はとても綺麗《きれい》ですけど、汚したらと思うと気が気ではなかったんです。はじめに着てきた着物はどこへ行ってしまったのやら……。あの恰好《かっこう》ならば城の外でもどこへでも行けたでしょうに」

元々人界で目立たないようにするための着物だから打って付けのはずだが、城へきた翌日に王の謁見のためと言われて上等なものに着替えさせられてしまったのだ。

それからというもの、女官が用意するものを大人しく身につけていたが、明らかに高価とわかるような生地に緻密な手刺繍《ししゅう》が入った着物ばかりで堅苦しくてたまらなかった。

心から喜ぶ蓮可に、毅焔と俐心の二人は互いに顔を見合わせた。

それからすぐに俐心は苦笑を浮かべてみせる。何か変なことを言ってしまっただろうかと萎縮した蓮可に、毅焔は急に眉を顰めて険しい顔つきになると、こめかみの辺りを不機嫌そうに掻いた。

「僕、変なことを言いましたか？　お二人の様子が急に変わってしまったようですから」

「ああ、いえ。仙人様が笑顔になられると、周囲にぱっと花が咲いたようでしたので。その可憐さに驚いたといいますか……。ねえ、兄上」

苦々しく答えた俐心が隣の兄を見ると、毅焔は尚一層険しい顔を作りながら「うむ」と、低い声を搾り出して、ぎこちなく頷いた。

もしかして照れているのだろうか。

褒められてこそばゆいことよりも、真面目一徹そうな毅焔がなんとも言えない強張った表情をしていて、それがどことなくおかしくて、くすりと笑ってしまった。

今日は愉しい日になる予感がする。

「それから、仙人様というのもおやめ下さい。どうか、蓮可とお呼び下さい」

「いや、しかしそれは……」

「これも変装の一つだと思っていただければ。僕も毅焔さん、俐心さんとお呼びしますので、どうか蓮可と」

「はあ……」と、俐心が困った顔をして兄のほうを見た。

蓮可もじっと毅焔を見つめると、ふたりの視線に圧倒されたのか「ぐう」と尚も低い声を洩らして、咳払いをした。

「変装ならば仕方がない。——まずは着替えだ」

「では女官に用意させましょうか」と、俐心が。

「いや。それでは着物を集めるのに時間が掛かる。手っ取り早いのは我らの家に立ち寄るのが一番だろう」

馬車の用意を。——と、言った毅焔に、下臣が慌ただしく動きだした。

三人も席を立ち、花祥館から出た。

昨日はあまり気が乗らなかったが、今日の外出はなんだかうきうきしている。二人の後を追う蓮可の足が浮かれていた。

「店はどうしますか？」

「閣領の家庭料理が味わえる、良い店がある」

「それはいいですね。仙人様……あっと、——蓮可様」

「呼び捨てにしてください」

おずおずと呼ばれて、蓮可は笑みで返した。

「ですが、……どうにも気持ちが」

渋る俐心に、毅焔が振り返って言った。

「たった今から我らは久方振りの再会を果たした友ということにしよう。多少の戸惑いはあれど、すぐに慣れるだろう。——それでいいな、蓮可」

毅焔に名を呼ばれた途端、カッと頬が熱くなるのを感じて、蓮可は遅れて口元が緩みそうになってしまった。

「はっ、はい！」

慌てて気持ちを引き締めて、蓮可は大きく頷いた。

「僕は遠方より戻ってきた友人です。ね？　俐心さん」

「そ、そういうことであれば。では、行きましょう。蓮可」

「はい！」

馬車へ乗り込み、兄弟が住む一族の屋敷へ到着すると、すぐ着替えることになった。

着物は毅焔の日常着の他に、住み込みの使用人のものを借りて三人分揃えた。

蓮可の背中には見られたくない痣があるため、人前では着替えられないことを密かに心配していたが、それを言うより先に別室に案内され、杞憂に終わったことを安堵した。

着替え終えたあとで使用人に髪を結ってもらった。

いつも後ろに一つ、無造作に結っているだけの髪を丁寧に梳《す》いてもらい、一束だけ取り結ってもらった。

久方振りに下ろしたがこそばゆい感じだ。もぞもぞとしながら既に準備を終えた二人の前に現れると、「おっ」と声を揃えた。

「髪を結ってもらったのですが、変でしょうか……」

声を零した二人が急に苦々しい顔をするので、蓮可が不安になると、「いやっ」とまた声を揃えた。

「蓮可は髪がとても珍しい色をしているので、そんなふうに垂らすととても印象的になるというか……ねえ、兄上」

「あ、ああ……」

というわりには、眉間に深い皺ができている。随分怖い顔だ。

「兄上、そんな怖い顔をしていては、蓮可をかどわかしたのではないかと疑われますよ」

「そんな愚かなことはっ、――いや、気をつけよう。俺の周りは無骨な連中ばかりで、蓮可のように可憐な……」

「可憐、ですか」

　おそらく蓮可は仙界でゆっくり成長したぶん、毅焔よりも年上だろうが、その外見は二十代そこそこだから若さを話題にされることはあっても、可憐と言われたのは初めてだ。

　蓮可が繰り返すと「いやっ。なんでもないのだ」と毅焔は急に焦った声で、背中を向けてしまった。

「毅焔さん？」

　蓮可が小首を傾げると、一つに結った毅焔の髪が小刻みに左右に揺れていた。彼のうなじが心なしか赤く見える。くっ、と俐心が小さく喉を鳴らして口元を隠した。

「さて、出かけましょう」

　再び馬車に乗り屋敷を出たが、今度は王城から乗ってきた立派な物ではなく、昨日街中で見た辻馬車のような質素な作りのものだ。

　馭者《ぎょしゃ》の身なりも街行く人々と同じで、ここから変装ははじまっているのだなと、蓮可はひとしきり感激した。

　三人の他に警護はついていなかった。

　もしかすると身を隠しているのかもしれないが、腕が立ちそうな毅焔がいてくれるだけで十分心強

い。

　店へ行く道中、「街を少し歩いてみたい」と頼むと、二人は嫌がらずに馬車を止めて降ろしてくれた。

　街行く人と比べても、蓮可の髪の色は薄くて目を引くものだから、馬車を降りる前に念のためにと手拭いを頭から被り髪を隠すと、心なしか二人も安堵したようだ。

　闇領の街はとても賑わっていた。

　諸国からこの都を目指して人々が集まるらしい。そのおかげで遠国の食材や雑貨が容易に手に入るのだという。

　多くの露店が並び、食欲をそそる香りのなか客引きの賑やかな声がしている。

　子供たちが親の手を引いては何かをねだったり、片や店先で親の手伝いをしたりする子らの姿もある。どちらにしても活気のある街だ。

「昨日はぐったりとして街並みを見る気力すらなかったのですが、たくさんお店があるのですね」

「それはもう、大きな都ですから市もたくさん立っています。一日二日では到底回りきれませんよ」

　そんな大きな都の宰相代理をしているとあらば、俐心は相当優秀な人材なのだろう。無論、兄の殺焔も。

　人界と一言で言っても、途方もなく広い世界だ。

　闇領へおつかいを頼んだ師の判断はとても正しいように思えた。蓮可の目から見ても、それほどに街は遠国の品々で潤っていた。

「――あれは？　鳥も売るのですか？」

ふと目に入った屋台には、鳥籠《とりかご》に色とりどりの小鳥が入っていた。

仙界でも鳥は多い。こと鳥はその身の鮮やかさを競うように美しくて、屋台の小鳥たちに少しの懐かしさを覚えてしまった。

「鳥を飼う者は多いのですよ。鳴き声を競わせたり、羽の色艶や羽ばたきの美しさを比べたりするのです。羽根も珍重されますしね」

俐心が言った。

三人の脚は自然と小鳥の屋台へと吸い寄せられていく。

「金持ちともなると、鳥の世話人を雇ったりするな。腕の良い世話人は給金も良いと聞く」

毅焔も続けて、蓮可は感心した。

「そうなのですか。いろいろな仕事があるのですね」

屋台の前に来ると小鳥たちの艶やかな歌声が押し寄せてきた。

竹製の鳥籠の中で忙しなく羽ばたきながら、声を弾ませる。

「やあやあやあ、一体これはどうしたことかっ。お客さんが来て鳥が大喜びしていますよ」

髭《ひげ》の店主が驚いた顔で蓮可と鳥籠を交互に見ると眼を丸くする。

蓮可は困った顔になり、苦笑した。

「これは大人気ですね。大歓迎されているようです」

俐心も毅焔も驚いている。

小鳥たちは蓮可に向かい軽やかな歌声を上げている、その声は来る前よりも大きくなった様子で道行く人々も足を止めた。

「一羽、買うか？」

毅焔に訊かれて、蓮可はすぐにかぶりを振った。

「僕は旅人ですから飼うことはできません。優しい飼い主さんと出会えるといいけれど」

それに一羽だけ求めては、他の子が可哀想な気がした。

「鳥は蓮可に随分懐いているようだが」

毅焔は惜しげに鳥籠を眺めている。

「懐くんです。僕ができることと言ったら、これくらいなものですから」

「それは、どういう意味だ？」

「それは」と、蓮可は説明しようとしたが、口で説明するより見せたほうが早いと、店主が止めるのを無視して小鳥が四羽入った鳥籠の蓋を開けた。途端に競うように小鳥が飛び出して、蓮可の頭や肩に次々と止まっていく。

「これはまた驚いた」と、店主が、はあ、だの、へえ、だのと気の抜けた声を出す。

「鳥に好かれるのか？」

毅焔も凛々しい顔に驚きを滲ませながら、少し興奮した声だ。

「鳥でも獣でも。動物には皆好かれます。これが僕のできることで、これくらいしかできないんですけどね」

「何を言う。あなたは、せ」

「兄上！」

仙人と言いかけた毅焔の言葉を、俐心が遮った。

「店は近いのですか？　兄上、私は空腹ですよ。蓮可もそうでしょう？」

「は、はい」

慌てて小鳥を鳥籠へ戻して、蓮可は頷いた。

「そうだな。店はすぐそこだ」

振り返ると三人の周りには大勢の人集りができていた。

もしや今のも見られたのだろうかと、蓮可は慌てる。

ただでさえ珍しい髪の色をしているのに余計に目立つようなことをしてしまったと青ざめると、毅焔が「皆の衆！」と集まった人々に声を張り上げた。

「こちらのご店主は随分と鳥の世話に長《た》けているようだ。鳴き声も見事な鳥ばかり。良い仕事をされておりますぞ」

おお！　と、屋台に人が集まっていく。

さっと俐心が蓮可の腕を引いて人混みから抜けると、毅焔の案内ですかさず目的の店に入った。

「あの屋台、大賑わいですね。はあ……振り向いたら大勢集まっていて驚きました」

「蓮可は人を集める能力に長けているのかもしれませんね。人とて動物ですから」

「そうなのでしょうか。はあ……でも毅焔さんの機転に救われました」

「大したことではない」

興奮に蓮可が息を切らしていると、店の奥から使用人の女性が現れた。

「いつもご贔屓《ひいき》に。個室で宜しいですか？」

「ああ。街並みの見える部屋があれば頼む。閻領へ来たばかりの客人なのだ」

「まあ、でしたらこちらへどうぞ」

使用人の案内で二階へ上がり、街の賑やかな通りが見える部屋へ通された。

座卓に向かいそれぞれが座ると、すぐにも毅焔が注文を入れて、広々とした卓上に次々と料理が並べられていく。

昨日と違うのは、ごてごてと飾り付けられた御馳走ではなく、素朴な料理だからだろう。おもわず腹が鳴ってしまうほどだ。

「蓮可、お酒は飲めますか？」

届いたばかりの徳利を俐心が持った。

すかさず使用人が杯を前に置いていき、二人の期待の眼差しが蓮可に注がれる。

ここへ来たのは、蓮可の提案だ。

酒を飲んだことは一度もないが、ここは二人と打ち解けるため。――そのために来たのだった。

「飲みます！」

蓮可は気合いを入れて杯を手に持った。


――しかし経験がないだけあって、少し飲んだだけでも酔いが回ってしまった。

頬は熱いし、頭はふわふわとして温かい。

心なしか躰がゆらゆら揺れているような気がするのだが、自分では止められずに躰が勝手に動くままにしている。

「蓮可、お水を」

俐心の声に気が付くと、いつの間にか目の前に湯飲みが用意されていた。

「ありがとうございます」と礼を言うはずが、「ふああ…」と、なぜか気の抜けた声が出るばかりで、どうやらまともに喋《しゃべ》ることもできていないようだ。

頭の片隅ではそれに気が付いているのだが、口から出るのは気の抜けた声ばかり。なんとも間抜けだ。

「蓮可、少し横になられてはどうですか？」

「あ…、はあ……おみずを……はあ……」

　まずは水を飲んでから横になろうと思ったが、手に持った湯飲みが口元にいかない。顎に当たったり、傾きすぎたり、危うく落としそうになったりと口に付けることもままならずだ。最後は毅焔に湯飲みを取られてしまい渋々と横になった。

　躰を横たえると、ふわふわからとろんとしてくる。眠気と、まだ眠りたくない気持ちの狭間《はざま》で、ふにゃふにゃと変な声を出してしまう。

「やれやれ、潰れてしまわれた」

　俐心の苦笑交じりの声がした。

「見るからに飲めなさそうだからな」

　毅焔が小さく笑う。

　酔いと眠気のせいで、声が遠くに感じられる。

「飲めないのに、なぜ誘ったんだか」

　続けて俐心にまで笑われて、面目無さに縮こまる思いだ。

「それは、我らと打ち解けたかったのではないか」

　毅焔が言った。

　蓮可が杯を二杯飲み終える頃には、彼の徳利《とっくり》は空になっていたほど酒には強いようだ。

　羨ましさと憧れを抱きながら、一方で蓮可が強く思っていたことに気が付いてもらえたことに嬉しさ覚えてしまった。

「我らと、ですか？　あのお三方ではなく」

「ああ。妙な話だがな」

妙ではない。二人ともっと打ち解けてみたい。――そう、蓮可の心がそう訴えているのだ。

しかしそれを言おうとしても、「ふうう……ん」と、気の抜けた変な声が出るばかりで、未だ酒を飲んでいるらしき二人に笑われてしまった。

「実際のところはわかりませんが、良く思われているのならば、そう悪いことではないのでは」

「まあな」と、毅焔の声。

妙に冷めた響きだ。ちくりと胸が痛む。

屋台での気遣いを見れば、一見怖そうな印象でも本当はとても優しい人だとわかる。

無理をしたことに気付いてくれているような気がするのに、なんだか急に素っ気ない声音《こわね》が蓮可を少しだけ拗《す》ねさせた。

優しくされたいな――なんて思うのは酒のせいだろうか。そんな甘えたことを思ってしまったこと自体、浮かれているのかもしれない。

「それにしても愛くるしい寝顔ですね」

俐心が言った。

その言葉にも「まあな」と毅焔は返したが、さきほどより声音が強張っている気がする。もしかして照れている？　と、ふと思い、蓮可までこそばゆい気持ちになった。

毅焔は怖そうな人だけど、やはり優しさを感じられる。

思った通りだ。――蓮可は酒気でぽやぽやとした頭の中で確信していた。

*

……蓮可、……蓮可……、と、肩を揺すられて、いつの間にか眠っていた蓮可は目を覚ました。

「あ…すみません。あれ、僕、いつの間に寝ていたんだろう」

心配そうに覗き込む俐心に気が付いて、蓮可は飛び起きた。

「お酒はあまりお強くないようですね」

俐心が水をくれる。

「あまりというか、はじめて飲んだので……早々に潰れてしまい恥ずかしいです」

目を擦りながら言うと、心なしか躰がすっきりとしていることに気が付いた。

「慣れない土地のせいか、ずっと気を張っていたようです。夜に何度か目が覚めたりして普段はこんなことなかったんですが。少し眠ったおかげで、躰が楽になった気がします」

「それはなによりです。夜も更けてきましたし、そろそろ店を出ようと思うのですが、おなかは空いていませんか？」

「あ、えっと……少しだけ」

睡眠欲の後は食欲が主張してきて、きゅうきゅうと腹が鳴りだした。

毅焔の馴染みの店だからか、とてもいい香りがしている。きっとそのせいだろう。

「では店を出て、今度は屋台などどうですか？」

「賛成できんな。夜は魔物が出やすい」

俐心の提案にすかさず毅焔が眉を顰めた。

「人の多い通りであれば安全でしょう。魔物は人気のない通りに出やすいと聞きますし、折角閣領に滞在しているのですから、屋台ものも食べていただきたい」

「僕、行きたいです。この店へ来るときに馬車から見えて、ずっと気になっていたんです。それにお店の窓から見える屋台がどこも賑わっていて愉しそうです」

俐心の提案に蓮可は目を輝かせ、毅焔に訴えた。

「近くに夜市があるんですよ。まさにお祭りのようです」

「凄い！　土産話になります」

祭り自体を見たことはないが、都へ来たことのある兄弟子たちが口々に言っていたから、その興奮はひとしおだ。

蓮可が興奮にそわそわしだすと、毅焔が観念したように眉間に深い皺を描いた。

「……近くに馬車を停めておこう。人が多いから、くれぐれもはぐれないように」

「はい！」

「兄上が手を繋《つな》いで行かれては？　丁度いい虫除けになるでしょう」

「虫除け？」と小首を傾げる蓮可に、「なんでもない」と毅焔の顔が更に険しくなってしまった。


長居した店を出ると、通りは昼間以上に人が多く、活気に溢れていた。

あちらこちらからいい香りがする。

一緒に酒の香りが混ざり、陽気な歌声やら笑い声が絶えず聞こえてくる。

「闇領は豊かな都ですね」

店を出て再びすぐ手拭いをほおかむりにした蓮可は、きょろきょろと周囲を見ながら感嘆の声を洩らした。その声さえ活気で掻き消されてしまいそうなほど、通りは賑やかだ。

「確かに豊かですが、それは中心部のごく一部に限られています。郊外に出れば貧富の差は歴然です。それに魔物も増え始めていますからね。——おっと、今夜くらいは暗い話は抜きにしましょう。折角の夜市ですから」

我に返った俐心が苦笑を見せた。

「いえ、僕はそういうことがわかりませんから、教えていただけるのは有り難いです。僕が次の王を決めるとなれば、民に寄り添える人をちゃんと選びたいですから」

「蓮可……兄上、今の蓮可の言葉を聞きましたか？　私は胸が一杯です」

　毅焰の着物の袖をぐいぐいと引っ張りながら、俐心がいたく感動した様子で言った。

「蓮可が選ぶ方ならば、きっと良き王に違いありません」

　そんなことを言われたらプレッシャーだろう。

「そ、そうなればいいと思っています…っ……で、でも正直荷が重すぎて、気持ちに応えられるかわからないのですが…っ、あんまり期待した目で見られると困るというか……ぅう」

　皆の期待に添えるのか、それすらわからないまま重大任務を受けてしまった手前、正直不安しかないのだが、それでも喜んでもらえるのは嬉しいことだ。

　期待には応えたい。――と、思う一方で、やはりこの二人のどちらかが次期王に相応しいと思う気持ちは変わらない。

　今日近くで見ていて余計にそう感じてしまった蓮可は、王に提案するべきかと考えて、少し悩んだ。

　王は王で理由があっての三候補だ。

　王が自信を持って蓮可に薦めてきた以上、別の誰かを推薦したら怒りはしないだろうか。それでこの兄弟が疎まれてしまっては本末転倒だ。

「どうしましたか？」

　いつの間にか俯《うつむ》いて歩いていた蓮可を、俐心が心配した。

「あっ、いえ。……誰か一人を選ぶのって難しいなと思ってしまって」

通りの人混みに交ざると、蓮可の手は自然と俐心の着物の袖を摑んでいた。

毅焔は蓮可の背後から二人を守るように歩いてくれる。殺気こそないが、店の中にいたときよりも警戒しているのがわかった。

「仙人は千里眼を持っていると聞きますが、違うのですか？」

誰かに聞かれては困ると、俐心は問う声を小さくした。

「確かに千里眼はありますが、それは――」

蓮可ではなく、師が持っているもので。と、言いかけて、はっと焦った。

それを言えば蓮可が仙人ではなくその弟子であることが二人にバレてしまう。

「どうしました？」

俐心が小首を傾げた。

「いえ、なんでもないんです」

でも彼らには打ち明けてもいいような気がするのだが、どうだろうか。

きっとこの様子を視ているだろう師に問いかけようとすると、人混みから突然悲鳴が上がった。

「魔物だ！」

「魔物がいる！」

往来で人々が指さす先は宿場の屋根の上だ。

「魔物、あれが」

はじめて見る獣に蓮可は驚いた。

仙界で時折見る豹《ひょう》や山猫《やまねこ》に似ているが、その姿は闇にぬらぬらと光るような毛皮を持ち、牙は大きく、爪も異様に鋭かった。餌に餓えて爛々《らんらん》とした眼を、激しくぎょろつかせている。

牙の隙間からだらだらと涎を垂らす様子も異様で、皆が恐れるのは無理もないと理解した蓮可は息を呑《の》んだ。

獣の姿を見た途端に我先にと人が逃げていき、所々で悲鳴が上がったり屋台が倒れたりと、愉しげな空気が一転して物々しくなってしまった。

「お前たちも逃げろ。俺が追い払う！」

毅焔が帯刀していた剣を抜き構えた。魔物は屋根の上からそれを見て牙を剥いて威嚇する。その禍々《まがまが》しい咆哮に逃げ惑う人々からも悲鳴が上がり、俐心も蓮可も後ずさる。

「はい！　蓮可、こちらへ」

俐心が蓮可の腕を引っ張った。人混みの中、一緒に逃げようとする。しかしそれよりも早く魔物は屋根から飛び降りて、二人の目の前に現れた。

「兄上！」

俐心の焦る声。そして蓮可を守るように身を挺する。

素早く毅焔が前に出て剣を構えた。それを魔物は挑発と見たのか、毅焔めがけ飛びかかる。

「二人は下がれッ」

「はい！」

毅焔の命令に俐心が応え、蓮可を守りながら魔物から距離をとる。しかし魔物はそれを見逃さずに毅焔の頭上を軽々と飛び越え、二人の前に着地した。

「魔物は蓮可を狙っていますっ」

俐心の焦りと怯《おび》えを滲ませる声。

「ぼ、僕を！　なぜですか。まさか、僕の……!?」

動物に好かれる能力のせいだろうか。それにしては随分と様子が鬼気迫っているように見えるのだが。

答えを聞くより先に毅焔が剣を振るい、魔物を斬《き》る。

ぎゃん！　と、魔物が潰れた声を上げたが重傷には至らず、俊敏な動きで屋根の上に飛び移ってしまった。

また来るかと皆が構えるなか、魔物は口惜しげに唸《うな》りながら三人を凝視する。

毅焔が負けじと凄《すさ》まじい闘気でそれに応えると、魔物は一瞬にして怯《ひる》んでしまい最後は諦めた様子で屋根の向こうへと消えていった。

「か、帰ったのですか……？」

俐心の背中にしがみつきながら蓮可はおそるおそる尋ねると、毅焔は剣を鞘へ戻しながら頷いた。

「もう大丈夫だろう。また襲ってきたところで容赦なく撃退してやる」

「流石兄上です。蓮可、ご無事で良かった」

「ありがとうございます。俐心さんも、毅焰さんも、お怪我《けが》がなくて安心しました……はあ……それにしてもなんて大きな獣でしょうか……」

　魔物と呼ぶから見たこともないような禍々しい姿を想像していたが、豹の姿に似たそれよりも大きな獣だった。しかし獣の姿に近くとも凄まじい邪気を纏っているのは蓮可の目にもはっきりとわかった。

「あれが、都に出没しているのですか」

　魔物が去った後になって急に躰が恐怖に震えてきた。

　俐心の背中にしがみついていた腕が脱力していき、蓮可はその場に尻を突くと躰は一層ガタガタと震えだした。

「私は馬車を呼んで来ます。兄上は蓮可の側《そば》に」

「ああ。——もう大丈夫だから脅えるな」

「は、はい……頭ではわかっているのですか、いざ本物を間近で見ると凄まじい邪気で……あれは人を襲うのでしょうか。襲うのでしょうね……。だからこんな所に現れたのですものね」

　一向に震えの収まらない蓮可は、自分自身を抱き締めた。

　気を抜いたら涙まで出てしまいそうだ。毅焰は自ら前に立ち勇ましく剣を振るっていたというのに、自分だけみっともない姿を見せるのは恥ずかしい。

涙をぐっと我慢をすると、毅焔が肩にそっと手を置いてきた。

「泣きたければ、泣け。そのほうが気持ちが落ち着くこともある」

「――……だ、駄目です」

蓮可はかぶりを振った。

「なぜだ」

「だって二人が守って下さったんです。安心することはあっても、泣く必要はないんですから」

「蓮可…お前……」

毅焔は何か驚いた様子で小さく目を見開いた。脅えてばかりだったから、少しは見直してくれたのだろうか。もしそうなら嬉しい。

「は……大丈夫です。落ち着いてきました」

はあ……と、胸に手を当てながら二度三度と深呼吸すると、漸く震えが収まってきた。

「あんな恐ろしい魔物がいては、都の人たちも気が気ではないでしょう。ちゃんとした次期王を決めて、早く安心してもらわなければなりませんね……もっと真剣に考えなくては……」

真剣に、と思うのだが、あの自意識過剰な三人から一人に絞るのは骨が折れそうだ。

「兄上、蓮可！　さあ、馬車に！」

俐心が近くに停めていた馬車を呼んできた。気が急いていたのか、自身は乗らずに駆け足でやってくる。

「立てるか？」

毅焔が腕を取った。

「はい。ありがとうございます」

手を借りて立ち上がると、二人の前で馬車が停まった。

騒動が収まり、倒れた屋台を直す人や、買い物をする者たちも戻りはじめた。

三人は馬車へ乗り込むと、通りが混む前に出発した。

出発する前、俐心が馭者に「城へ」と伝えると、それを毅焔が止めた。

「まずは我らが屋敷へ。蓮可も一緒にだ」

「いいのですか？　そろそろ城へお連れしないと、王が……」

俐心が眉を顰め、毅焔と蓮可を交互に見るが、彼は決意した様子で頷いた。

「かまわない。蓮可、今夜は当家で過ごしてくれ」

「は、はい……有り難いことですが、でもご迷惑ではないのですか……？」

「迷惑なものか。――歓迎する」

そう言うと、馭者に伝えて馬車が動きだした。

俐心が驚いた顔をしている。

蓮可がその表情に気付いて不思議そうに見つめると、慌てた様子で作り笑いを返してきた。

一方、毅焔は無言のまま通りを眺めている。

彼らにも何か思うところがあるのだろうか——？

そういえば、昨日の毅焔の物言いたげな視線の意味を訊いていなかったことを思い出したが、二人の妙な空気に蓮可は尋ねることができず、まだとくとくと少し煩い鼓動を宥《なだ》めるように、吐息を零した。

＊

再び二人の暮らす屋敷へ戻ると、蓮可はすぐに客室を用意された。

王城にある朱色の館に比べればこぢんまりとしているが、かえってそれが落ち着く。

浴室も来客用で、二人に痣を見られずに済んだのは良かった。

使用人の女性に寝間着を用意されて着替えたが、いつもより愉しかったせいか気持ちが高揚していて、すぐには眠れそうにない。かといって、屋敷の中をうろつくのも迷惑になるだろうか。

蓮可は悩んだ末、結局寝台へ倒れるとすぐに師を呼んだ。

「御師様。今日はいろいろなことがありました」

〈ああ、そのようだね〉

きっと視ていただろうに、それでも蓮可は話し続ける。

「はじめてお酒を飲んで潰れてしまいました。御師様がいつも美味しそうに飲まれるので、興味があったのに……お恥ずかしい」

くくく、と師が笑う。

〈お前はまだ子供だねぇ。それに魔物も見たようだね〉

「はい。豹よりも大きくて禍々しく見えました。全身に邪気が纏わり付いているようです。それにとても餓えていました。相当の空腹ではないかと。あれでは人を襲っても仕方がないと思います」

〈本当ならば王気が都に満ちて、魔物など寄せ付けないはずだが、それほどに都の結界が弱まっているのだろうな。怪我はなかったか？〉

「はい。僕は震えるばかりでしたが、お二人が守って下さいました」

〈それはそれは〉

師の声がどこか満足そうに聞こえて、蓮可は胸に引っかかっていたことを口にした。

「毅焔さんと俐心さんは、とても気遣いのできる方たちです。……僕はやっぱりあのお二方のどちらかが王に相応しいと思うんです。ですが、それを王にお伝えしていいものかどうか……」

〈言ったところで聞くとは思えんぞ。あの王ではな〉

「あのお方は、御師様が選んで決めた王の末裔なのですから、最後の代まで責任を持ってくださいまし。――そういえば、御師様。あのお二人なのですが」

〈ん？〉と、師が尋ねる。

「本当のことを伝えてはいけないでしょうか。……僕は仙人ではなく、ただの見習いだということを」

蓮可はおそるおそる尋ねた。

「王には話すなと仰いましたが、お二人にまではと言われていません。……だから……」

〈お前は話したいのだね〉

「はい」

蓮可は素直に頷いた。

「あのお二人には正直でいたいのです。……なんというか、そういう気持ちなのです。ですから、どうかお許し下さい」

〈かまわんさ。言っただろう。蓮可、お前は自分の気持ちに正直になるといい。それも修行のうちだとね〉

「はい。ありがとうございますっ」

師の許可をもらうと、急にまたそわそわとしてきた。

今すぐに打ち明けてしまいたい気持ちと、言ってしまったら失望させないかという不安が同時に胸をざわつかせて緊張する。

師との念話を終えて、蓮可は四肢の力を抜いた。

今日はとても充実した日だった。魔物に襲われて怖い目にも遭ったが、気疲れはしていないようだ。それより寧ろ、満たされたような気持ちのほうが勝っていて、素直に（愉しかった）と思えた。

「……明日はまた城に戻るんだよな……」

一度離れてしまうと、城へ戻ることに対して気鬱になった。

閣領に滞在中はここにいさせてはくれないだろうか。——なんて言うのは我が儘だろう。

「王様選びに、薬草に……身の置き所か……僕はまだなに一つ決められず、終えられていないんだ……」

一体何をぐずぐずしているのだろうかと、我ながら情けなくなった。

こんなことではまた兄弟子に馬鹿にされてしまう。

蓮可はぺちんと頬を叩いた。

「観光に来ているわけじゃないんだ。しっかり」

今日が愉しすぎたせいで、気持ちが浮かれている。蓮可は気持ちを引き締めて、眠くはないが布団に包《くる》まり目蓋を閉じた。

蓮可は赤ん坊の頃、山に捨てられたから親の顔も知らない。

師に拾われて以来、ずっと仙界で育てられて仙人になるための修行をしてきた。

子供の頃、自分が閣領の出身だと教えてもらってから、記憶はなくてもなんとなく郷愁を抱いてきた。そして今日、毅焔と俐心の二人と一日を共にして、故郷に歓迎されたような気持ちになれた。

ここへ来たのは師のおつかいが目的で、それが終わったら仙界へ帰る。

今もその気持ちに変わりはないが、二人と一緒にいて、屋台の並ぶ賑やかな夜の街並みを見ていたら、なんとなく仙界へ帰るのが惜しい気持ちにもなってしまった。

「愉しかったんだな……」

改めて思うと、ふわりと笑みが零れて、蓮可は幸せのなか心地よい眠りに落ちていった。

＊

「兄上、屋敷に泊めてしまって本当に良いのですか？　蓮可が帰ってきていないと王が知ったら、明日怒られるやもしれませんよ」

蓮可が客間へ入ったのを確かめてから、俐心は私室へ向かおうとする兄を追い掛けた。

「かまわん。そのときは適当な言い訳を作って誤魔化すだけだ。それよりも城は魔物が出やすい。そんな所に蓮可を帰すのは寧ろ危険だ」

「確かに城に比べれば、この屋敷にいるほうがずっと安全でしょうけれど……兄上？」

急に様子が変わった兄を、俐心は目を細めながら訝《いぶか》しんだ。

「先日は魔物だと決めつけて随分冷たく当たっていましたが、今日は違いますね。少なくとも、帰りの馬車では……」

「勘ぐるな。お前の悪いところだ」

長い廊下で足を止め、毅焔は苦々しい表情で振り返った。

「蓮可は魔物ではない。俺はそう確信したから、当然の対応をしているのだ」

「なるほど。兄上がそう仰るのなら、そうなのでしょう。わかりました。私もそのように対応します」

「ああ、ついでに明日の言い訳を考えておいてくれ」

「言い訳もなにも。魔物が仙人を狙っていたから、保護したまでだと素直に言えばいいのですよ。魔物が出たと言えば王も警戒するでしょう。仙人の持つ気――仙気は魔物にとって御馳走と聞きます。街に現れた魔物でさえ蓮可を狙っているなら、きっと王とて同じこと」

「抜け駆けされては王も形無しか。――なるほど、それでいい」

「それにしても兄上。蓮可が本物の仙人と認めたのなら、我らの策略を打ち明けるのですか？」

「わからん」

心なしか不安げに尋ねた俐心に、毅焔は低い声を返した。

王が魔物であることは毅焔と俐心の繚家と、信頼の置ける極少数の下臣たちのみしか知らないことだ。それを打ち明けるとなると、大きな賭になるだろう。

魔物ではないと確信しても尚、蓮可が王と繋がりがないともかぎらない。しかし毅焔には言葉にはできない、不思議な自信があった。

「安易に話せるようなことではない。一晩考えて決める。――お前はそれに従ってくれるか？」

「勿論です。仙人に託された痣を持つ兄上の決めたこと。私は従うまでですよ」

その後で、「あ」と俐心は声を零した。

「蓮可が本物の仙人ならば、兄上に痣があることも知っているのでは？」

「ああ」

「蓮可に訊かれましたか？」

「いや」と、毅焔は短く答えて、勇ましさのあるその眉間に力を込めた。

「そういえば、蓮可に千里眼のことを尋ねたのですが、魔物が出てきてしまい結局答えが有耶無耶《うやむや》になってしまいました。……それでも兄上には確信があると？」

「ああ。蓮可が何者であろうと、それは変わらん」

「……わかりました。兄上を信じますよ。――では、おやすみなさい」

「ああ、お前も良く休め」

踵《きびす》を返した俐心に、毅焔は言った。

＊

朝、鳥の囀《さえず》りを聞きながら、蓮可は心地よく目を覚ました。

そういえば城では一度も鳥の声を聞かなかった。

仙界では獣も鳥も好き勝手に館に出入りしているせいか、朝は特に鳥の声がする。寝坊助な蓮可を心配して、朝は特に煩いほどなのに人界の鳥たちは慎ましい。

けれど久し振りに聞いた朝を喜ぶ鳥たちの声に耳を傾けながら、清々《すがすが》しい目覚めを堪能した。

今日は不思議と躰が軽かった。

人界へ来てからというもの朝を迎えるたびに躰が重たくて、まるで粘土になった心地だった。それが今朝はどうだろう。躰も気持ちもとても軽くて、寝起きなのに少し浮かれ気味だ。

寝台からひらりと降りて、いつの間にか用意されていた着物を借り、それに着替えた。

部屋を出ると、掃除をしていた使用人に挨拶《あいさつ》をされた。

「毅焔様はお庭にいらっしゃいますよ。お庭はこの回廊の奥にございます」

尋ねてもいないのにそう教えられて、彼を探しているように見えただろうかと、少し気恥ずかしくなりながら蓮可は礼を言い、庭へ向かった。

回廊を抜けた先に庭園はあった。東屋《あずまや》の他に装飾が施された檻《おり》があり、中には尾羽の長い鳥がいる。孔雀だ。直《じか》に目にするのは初めてだった。蓮可が仙界から乗ってきた瑞鳥に良く似ていて、近づくと大きな羽を広げて威嚇してくる。孔雀は気が強いのだと思い出した。

「蓮可」

檻越しに孔雀を見ていると、毅焔に声かけられた。かさりと音がして、芍薬《しゃくやく》の茂みから姿を見せる。

「おはようございます、毅焔さん」

「ああ、おはよう。昨日はよく眠れたか？」

「はい、それはもう。とても」

蓮可は微笑んだ。

「それは良かった。魔物に襲われたのだ。脅えていたらどうしようかと心配していたのだ」

「……そ、それはご心配をおかけしました。飲めないお酒を飲んだせいか、ぽやぽやしていたのかもしれません。でも不思議とお城にいるときよりも今朝はとても躰が楽で、それに鳥の声」

蓮可は孔雀の鳴き声で思い出した。

「鳥？　鳥がどうした」

「お城にいるときは一度も鳥の声を聞かなかったんですが、このお屋敷ではとても綺麗な歌声がしたんです。都にもちゃんと鳥はいるんだって嬉しくなっていました」

「勿論、鳥はいる。だが、確かに城で鳥の鳴き声は聞かないな」

毅焔は孔雀の檻に餌を入れた。

「毅焔さんが孔雀のお世話を？」

「ああ。鳥の世話と庭の管理は朝食前の日課なのだ。丁度今終えたところでな」

「そうと知っていたら、もっと早くに来てお手伝いしましたのに……。宿をお借りしたお礼もまだ出来ずですし……ああ……」

「なに、気にするな。そうだ。蓮可に見せたいものがある」

　毅焔は檻の扉を閉じた。

「——僕に？　なんでしょうか」

「こっちだ」

　そう言うと、毅焔は庭の更に奥へと歩きだした。

　蓮可も後を追いながら、満開の芍薬《しゃくやく》を愉しむ。頭上には鳥の声がして、見上げると萌葱《もえぎ》色《いろ》した小鳥たちが木の枝に並んでいた。

「とても美しい庭ですね」

「ああ。何時間いても飽きない。武人ではなく、庭師になりたいほどだ。それほどにここは心地がよい」

　東屋の脇を通り、更に奥へ。

「確かに一日中いられそうです」

　さあさあと水音が聞こえると、ほどなくして噴水が見えた。それを横切っていく。

　王城の目と鼻の先にあるこの屋敷の庭はとても広いようだ。国の政《まつりごと》を担う高官の屋敷ならば、当然なのかもしれない。それにしても緑が美しい庭だった。

「仙界はどうだ。さぞ美しいのだろう」

「はい、それはもう。木は青々と茂り、満開の花々に彩られています。鳥も、時折龍や瑞鳥が飛んでいて、それが当たり前のような所です」

「龍に瑞鳥か。都の上を飛んでいたとき、民は大騒ぎしたというのに。こちらでは一生語り継がれるほどのことなのだがな」

毅焔が振り返り、苦笑いを見せた。

「見ることはあっても、乗ったのは初めてです。人界へ着く前に何度か落とされそうになって、ひやりとしました」

「鳥に乗ること自体が希有《けう》なことだ。落ちなくて良かったな」

「はい」

庭の隅まで来ると再び檻が現れ、大きな羽ばたきとともに甲高い鳴き声がした。

「鷹《たか》だ。見たことは？」

「はい、時折。それにしても立派な鷹ですね。羽が艶々しています」

個体は鷲《わし》に比べて小柄だが、精悍《せいかん》な目つきの凛々しい鳥だ。鉤爪《かぎづめ》のような嘴《くちばし》も鋭く、安易に近づこうものならば手痛い反撃がありそうな雰囲気の、武人に負けず劣らず堂々とした鷹だった。

檻の前に立った毅焔は怖がる様子もなく扉を開けて腕を入れると、鷹も慣れた様子で彼の腕に飛び乗り、大きく開いた羽を大人しく閉じた。

そのまま、毅焔が鷹を檻から出してくる。

「あ、え…っ」

蓮可はたじろいだ。

鷹は狩りにも使われるほど警戒心が強く、攻撃的だ。飼い主ならばともかく、初対面の蓮可の前では興奮してしまう可能性もある。

見るからに大切に育てられた鷹だ。興奮して羽を傷付けでもしたら大変だ、と焦って身を強張らせる蓮可の目の前に、毅焔がゆっくりと鷹を出してきた。

「あのっ」

「足輪は付けてあるから襲いはしない」

脅える蓮可に、毅焔は言った。

「こいつは先代王から賜った鷹の子でな、俺以外にはとにかく懐かない。俐心にもだ」

ということは、よほど警戒心が強いのだろう。

毅焔の腕に摑まりながらも、蓮可をじっと見つめるその鋭い眼光の迫力に圧倒されて、小さく息を呑む。

彼の言う通り、鷹の足首には鉄輪が嵌められ、鎖が伸びていた。

鎖は毅焔がしっかりと摑んで、飛びかからないようにしてくれている。とはいえ、気迫は相当なものだ。

「俺以外の誰かがいると、こうして檻から出すだけで大暴れする。襲う気満々でな」

鷹は蓮可をじっと見つめるも、襲ってくる様子はなかった。しかし少しでも身じろぎしたら、一気に鋭い爪と嘴で食らいつかれそうな迫力は変わらない。

仙界にも鷹はいるが、あまり人に近づくことはない。鷹は鳥類のなかでも頂点に立つものだ。師も、小鳥のように親しくすることはなく、寧ろ敬意を表していた。

「不思議だな。こいつが大人しい」

毅焔は言って、静かに驚きを見せた。

彼が鷹の背中を撫《な》でた途端、大きく羽を広げて蓮可の肩へと飛び乗ってきた。

不意を突かれたらしく、毅焔の手から鎖が伸びている。咄嗟に掴み引っ張ったとき、鷹は既に蓮可の肩の上で大人しく羽を閉じていた。

「あ…」

ずしりとした重みに肩が少し傾ぐ。

痛みこそないが食い込むほどの爪が立派だ。とても大きい。

仙界にいても鷹を肩に乗せたことはない蓮可にとっても、これは驚きの経験だ。

声もなく驚いていると、蓮可の頬に鷹が頭を擦りつけてきた。時折目を細める表情に先程の鋭さはなく、無邪気にじゃれている。

「これは驚いた。蔵龍《くらる》が俺以外の誰かに懐くなんて初めてのことだ。それも、俺にさえしないようなことを、初めて会った蓮可にするとは……。現王にも威嚇するような鷹だぞ」

　毅焔が眼を見開く様子で、相当の出来事だとすぐにわかった。

　心なしか嫉妬さえ感じて、申し訳なさに蓮可は萎縮する。

「これは、その、仕方がないのです。僕はそういう仙術を持っていて、必然的に動物には好かれるようになっているのです」

「必然的に？　獣に好かれる術、ということか」

「はい。昨夜の屋台の小鳥たちが懐いてくれたのも、仙術のおかげなんです」

「そうなのか……そのような術があるということなのだな」

　蓮可が頷くと、鷹が軽やかな声を上げる。動くなと言っているのだろうか、しきりに頬擦りをしてきて、その愛想の良さに蓮可は笑って頭を撫でてやった。

　その間、毅焔は獣のような呻き声を上げて、ひとしきり感心を見せる。怪訝そうだが、けれど興奮を滲ませた視線が気恥ずかしく、蓮可は小さくなって恐縮した。

「そうか。……やはりそうなのだな。うむ」

　毅焔は頷いた。

　しきりに甘える蔵龍を蓮可から離すと、檻へ戻して扉を閉め鍵をかけた。

「蓮可。単刀直入に訊く。――お前は魔物ではないな」

「ま、魔物!?　いえいえ、まさか！　そんなわけありません」

思ってもみない質問に蓮可は驚いた。

「髪の色こそ人と違いますが、これは仙界で長く暮らすうちに自然とそうなるものです。それとも、僕の外見は魔物のように見えるのでしょうか？　も、もしそうならば困りました……」

「そうではない。魔物が化けているわけではないな、という意味だ」

「まっ、まさか！　そんなふうに見えているのですか？　……確かに人界へ来たのは何十年ぶりですけど」

「何十年？」

毅焔が困惑して繰り返した。

「仙界と人界では時間の流れが違うんです。そんなことよりも、魔物に間違われるほど違和感がある容姿なのでしょうか……。兄弟子には都の民はどういう感じなのかと、訪れる前に色々聞いて勉強してきたのですが」

「――いや」

毅焔が眉間に深い皺を刻みながら、険しい顔になった。

蓮可は蓮可で、魔物に間違われるほど自分が奇妙に見えたのかと、ショックを受けている。

髪の色こそ薄いが、肌の色は白過ぎる程度だ。

出発の際に兄弟子にも妙ではないかと確認してもらったが、大丈夫だと太鼓判を押してくれた。それもあり、髪さえ隠せれば大丈夫と信じていたが過信だったのか。

いよいよ心配になってきてもぞもぞする蓮可に、毅焔が咳払いした。

「誤解するな。――立ち話もアレだ。朝食にしよう。そのときに話す」

「は、はい。わかりました」

毅焔が再び庭を歩きだした。

蓮可はその後ろを付いていくが、魔物と疑われてしまうような妙な仕草をしているのではないかと気が気ではなく、落ち着かない。ついつい腕を撫でてみたり、びしっと背筋を正しながら歩き方を変えてみたりしていると、毅焔が唐突に振り返った。

「先に言っておくが、外見でもなく仕草でもない。蓮可は至って普通だから安心しろ」

「はっ、はい。そうですか。安心しました」

「それに私は弟によく無口だとか、言葉少なだとか、説明不足だと言われるのだ。だから気になることがあれば率直に尋ねてくれ。そのほうが俺も助かる」

「…っ、わ、わかりました」

たどたどしくぎこちない言葉に、不安になっている蓮可を気遣ってくれたのだとすぐにわかった。

「ふふっ」と、つい笑みを零すと、心地悪そうに唇を引き締めて、くるりと背を向けた。

毅焔はなんて不器用な人なのだろうか。

「行くぞ！」とぶっきらぼうな声が余計に愛おしいやらおかしいやらで、蓮可は小さく肩を震わせながら小走りになって、毅焔の後を追った。

応接室では既に朝食が準備されていた。

蓮可が席に着くと使用人が温かな粥《かゆ》を出してくれた。

俐心は既に登城しているらしい。朝の日差しがまだ残っている時刻だというのに、城の仕事が忙しいのだろう。

毅焔は登城しなくていいのだろうか？　と、密かに心配していると、蓮可の心中を察したのか、訊くよりも先に「問題ない」と答えてくれた。

食事がはじまると、毅焔が人払いをして二人きりになった。すぐにレンゲを下ろし、急にかしこまった顔をする。

ただならぬ様子に蓮可も食事の手を止めると。

「かまわん。食べながら聞いてくれ」

と、促されたが、レンゲの動きは自然とゆっくりになっていた。

「――先程の件だが、俺と弟は蓮可が魔物ではないかと疑っていた」

「ええっ、そんなっ」

庭でも驚いたが改めて険しい顔で言われると、蓮可は再び驚いてしまい慌ててかぶりを振った。

「僕が魔物であるはずがありませんっ」

焦った様子が余計に怪しげに見えるだろうか、と更に不安になる。

「なぜ、僕が魔物だとお疑いになったのですか？」

「それは王が魔物だからだ」

「え!!」

蓮可は我が身を疑われること以上に驚いて、おもわず腰を浮かせてしまった。

「ど、ど、どういう…っ、それは皆が知っておられることなのでしょうかっ。と、と、というか、魔物がこの都を治めるのが人界では普通のことなのでしょうかっ。ぼ、僕にもわかるように説明してください！」

「だからこれからするつもりだから、少し落ち着いてくれ。——さあ、蓮茶を」

酷い取り乱しように、流石の毅焔も呆れたようだ。

うっすらと苦笑交じりで茶を勧めてくれる。

蓮可は急に気恥ずかしくなった。

「ああ……すみません……立て続けに驚くことを言われたもので、頭が大混乱してしまい……はあ、落ち着きました。もう大丈夫です」

お茶を飲み、蓮可は気持ちを落ち着けた。

それにしても驚きだ。大きな都の王が魔物だなんて、師はそんなこと一言も言っていなかったから、混乱するのは当然だろう。

もう一度だけお茶を飲み気持ちを落ち着かせると、毅焔も湯飲みを傾けた。

「先にも伝えたとおり、王は魔物だ。妖猫《ようびょう》だと思われる」

「妖猫……昨夜、屋台で見たあの魔物でしょうか」

「さあな、あれが王かもしれぬし、その仲間か、はたまた野良か。俺には妖猫を見分ける術はないから、断定はできない。だが王城とこの都は今、妖猫の巣だ。それは間違いない」

「そんな……民は知らないのでしょう？」

「知るものか。だがこのところ妖猫が多く出現していることは皆、理解している。恐れて都を出ていく者も後を絶たないし、同時に都を恐れて行商が寄りつかなくなりはじめている。それほど巷《ちまた》では有名な出来事になってきたのだ」

大変なことになっているとは知らず、蓮可はただただ驚き通しで「はあ…」と気の抜けた返事をするばかり。

「王に化けた妖猫は、仲間を引き入れて王族を根絶やしにしてしまった。王の一族は絶えてしまったのだ。今いる王族の方は、みな人間に化けた魔物たちだ」

「お、王族の方たちまで……でもなぜわかるのですか？　化けているのなら、本来気が付かないものなのでは？　それなのに毅焔さんや俐心さんは気が付いていらっしゃる」

「我らは常に王族を注視してきた。彼らが奇妙な行動や発言をするなど、ある日を境に別人になったような変化を見張ってきた。それというのも、父へ託した甚神仙人の――蓮可の助言によるものだ」

「ぼ、僕が!?　――いえっ、それは………!」

師だ！　――と、蓮可は頭を抱えた。

（御師様！　なぜ教えて下さらなかったのですか！）

蓮可は念話を飛ばすと、〈ははは！〉と陽気な笑い声が返ってくるばかりだった。

大方忘れていたか、それとも別の目的があるのか、なんにせよこんな重大な事実を教えてくれなかった師は、あまりにも迂闊《うかつ》である。

「どうした？　よもや、今になって仙人ではないなどと言うまいな」

急に緊張を走らせた毅焔に、また蓮可は焦った。

「いえっ、誤解です。いえっ、誤解？　ち、違います。あのっ、……！」

落ち着け落ち着けと、蓮可は湯飲みの茶を一気に飲み干した。

その間、毅焔はうっすら緊張を纏い、蓮可を見つめている。

とにかく誤解を解け。その前に落ち着け。と、蓮可は自分に言い聞かせた。

「――実は、僕は仙人ではなく、仙人見習いなんです」

「見習い……？」

蓮可は言った。

「はい。僕は甚神仙人の元で修行中でして、この都へ訪れたのは御師様のおつかいをするためなんです！」

「な、……な、に……？」

「ですからっ、僕は甚神仙人ではありません！　仙人見習いです！　弟子なんです！」

「……で、……弟子……」

「はい」

困惑する気迫に萎縮しながら、蓮可はおそるおそる頷いた。

「ではなぜそれを言わなかった」

「王様と初めて対面したそのときに伝えようとしたのですが、なぜか御師様がそれを言うことを僕に禁じたのです」

「甚神仙人が、それを」

「はい……。けれど皆が僕を甚神仙人と思い、手厚く持て成して下さることが非常に心苦しくて。それに……毅焰さんや俐心さんを騙していることもつらくなり、昨夜御師様にお二人に告白することの許しを頂いたのです。ですから漸くこうしてお話しすることができました……その、……騙していて、申し訳ありません」

席を立って蓮可は頭を下げた。

「けっして騙すつもりはなかったのです。お許しください！」

「頭を上げてくれ、蓮可。……そうか」

酷く驚いていた毅焔も、徐々に落ち着きを取り戻したようだ。心なしか落胆した様子も否めないが、しかし声は穏やかなものになっていた。

「師の命令ならば従うのは当然だ。意図して騙したわけではないのだから、お前が謝る必要はない。さあ、席に着いてくれ」

「はい……」

蓮可は大人しく席に着いた。そっと湯飲みの茶を飲んだ。

「……そういうわけで、毅焔さんのお父様を僕は知りません。御師様からも何も聞いていないのです」

「そうか……」

毅焔は見るからに落胆して、後ろに一つ結いした髪をそっと撫でながら睫毛《まつげ》を伏せた。

「けれどわかりません。王に化けた妖猫は、なぜ仙人に次の王を選ばせようとしているのでしょうか。自分が王ならばなんでも思い通りでしょうに。わざわざ次期王を決めさせて王位を退く必要などないと思うのですか……」

妖猫が王の姿に化けて好き勝手したり、仲間を王族に化けさせたりするのも理解できるが、わざわざ自分の地位を失うようなことを仙人にさせるのは、蓮可にとって不思議なことだ。

「王族と民はそもそもが違う。王族は仙人に選ばれることで王気を身につける。王気は都を守れるほど強い力だ。あの妖猫は人を喰ったところで到底満足できないほど大食らいで、おそらく二十年以上餌を喰えず餓えている。だから、強い力を持つ王を喰らうために、今すぐにでも仙人に次の王を選んでもらい、王気を得てほしいのだ」

「つまり、王様という美味しい餌を待っているのですか。それを僕に選ばせたいだなんて……はああ……」

蓮可は呆れた。

老いたから王位を譲りたいだのなんだの言っていたが、すべて王を喰らいたいがための嘘だったのか。

「それにしてもなんという狡賢《ずるがしこ》さだろう。僕はそうと知らず、次期王に相応しいのはどなただろうと、必死に考えていました」

「付け加えれば、蓮可、お前もおそらく狙われているだろう」

「え！」と、蓮可は驚きの声を上げた。

「ぼ、僕が!?　な、なぜですか？」

「王はまだ蓮可を仙人だと思っている。仙気は魔物にとって極上だと聞くからな。餓えているはずだから今すぐにも喰らいたいだろうが、次期王が即位するまでと必死に堪《こら》えているのだろう」

「あ…そんな……」

「城では幸い妖猫は現れていない。相当の我慢を強いられているはずだ」

「――いえ。もしかして近くに来ていたかもしれません」

蓮可には心当たりがあった。

「王城で初めて寝泊まりした日、何かの気配で起こされていたんです。それに朝、目覚めたときに躰が怠くて……。もしかして原因は魔物の邪気ではないでしょうか」

言ったあとで、ぞっとする。

まさか蓮可が眠っている最中、こっそりと寝所に侵入してきていたのではないだろうか。

残り香のように置いていった邪気のせいで、きっと躰がつらかったのだ。蓮可は確信した。

「だから今日はとても躰が軽かったんだ……。ここは邪気が感じられないから」

「魔物はこの屋敷へは入れない。魔物は鷹を恐れている。蔵寵は前王から賜った鷹の子だからな。特に優秀な血筋だ。魔物が侵入すればすぐさま反応して攻撃するだろう」

「だから僕に会わせたのですか？　蔵寵に僕が魔物ではないか判別させるために」

何気ない問いに、毅焰は一瞬だまり、頭を下げた。

「…………すまん」

嘘が吐《つ》けない人だ。

急にばつが悪そうな顔になって、肩を丸める様子に蓮可はくすくすと笑った。

「警戒するのは当然のことです。どうぞお気になさらないで下さい。寧ろすぐ信用されては、武人として失格ですよ。警戒心を持たねば」

「ああ、そうだな。感謝する」

「蔵寵のおかげで、僕の容疑が晴れたことはいいことです。それに僕もこれ以上嘘を吐かずに済んだことに安堵しています」

「ああ。だが蓮可が甚神仙人ではないとわかった以上、妖猫を討伐するという目標が暗礁に乗り上げてしまった」

「妖猫の討伐には御師様のお力が必要なのですか？」

「わからん。父の元へ現れた仙人は、いずれ『術を渡す』と言ったのだそうだ。――聞いてはいないか？」

「……いえ、そのようなことは特に……」

（なぜそのような大切なことを黙っておられるのですか）と、蓮可は念話で師を責めたが、〈ふふん〉と微かに笑い声がするだけで、それ以上の返事はない。

「今や王族は絶えた。新たな王を決めなければならないはず。それなのになぜ仙人は降りてこないのか」

「……それは……残念ながら御師様でなければわかりません」

「ああ……そうだな。蓮可を責めたような口ぶりだった。すまん」

「いえっ」

　都を守る武官であり、将軍職に就く人であれば、魔物が王に化けているという事実は許せないことだろう。そこへ仙人が仙界から降りてきたと知れば大いに期待するのは当然だ。

　それがただの弟子だと知ったならば、落胆は相当のはず。それでも尚、責めたと謝罪してくれる彼の真摯な態度に、蓮可も応えたい。

「……あの。……師はこうしている間も、きっと話を聞いています。僕と念話をしていますから」

「なに…？　念話とは」

「よくわかりませんが、師は弟子と頭の中で会話をするのです。神通力の一つですが、できるのは御師様だけで、どんなに離れていてもすぐそこで話しかけられたように声がするのです。それで、今もこうして我らの会話を聞いているはず」

「仙人とは、そのような摩訶不思議なことができるのか。確かに、仙人は突然現れたと父からも聞いた。仙人とは人知を超えているのだな……恐ろしくもあるが、素晴らしい存在なのだろう」

「とても自由気儘ですが、尊敬できる方です。――その、渡すと言った『術』とやらのことを今、訊いてみます」

「そっ、そうか！　頼む！」

　蓮可は非力ゆえにこの程度のことしかできないが、それでも毅焔が目を輝かせて腰を浮かせながら喜んでくれた。

　蓮可は大きく頷いて、師に念話で声をかける。

(御師様、今の話を聞いていらっしゃいましたよね？　それで、『術』とはどういうものなのですか？　渡しはしないのですか？　王族は絶えたということですし、今御師様が人界へ降りずしてどうされるのですか？)

念話で問いかけながらも、やはり下っ端の自分が来ることではなかったのだ。と、強く思った。

（都は一大事です。魔物も多く出るようになり、民も逃げはじめているそうです。御師様が王を選んでこの国を作られたのですから、今こそ出番なのではないですか？）

問いかけたあと、師からの返答を待ったが一向にやってくる気配はなかった。

（御師様？）

もう一度声をかけてみたが、やはり返事はない。

また酒を飲み過ぎて酔い潰れているのではないかと疑ったが、先程笑う声がした。

単に返す気がないのかと、蓮可は落胆した。

師は気まぐれだ。だがその気まぐれには必ず意味があるから、返事がないということは今がその時ではないと判断したのだろう。

千里眼で未来を見通すお方なのだ。下っ端の弟子ごときが真意を見抜けるはずもない。

「……すみません。御師様は答えてくださいません。……多分御師様はまだ話す時ではないと判断されているのでしょう。僕の憶測ですが」

毅焔は声を落として、唇を嚙《か》み締めた。

「……そうか」

「でも御師様はけっして薄情な方ではありませんから、この都を見放したとは思わないで下さいまし。そんなことがあったら僕が叱りに行きます。例え破門にされたとしても、都を作った当人がそのような非情な行いをするなど絶対に許されないことですから。お任せ下さい」

「蓮可……ありがとう。感謝する。その言葉を聞けて勇気をもらったぞ」

「そっ、そうですか。良かった……！」

　蓮可は頬を熱くして、大いに照れてしまった。

（御師様、聞いていらっしゃいますよね。僕は本気ですからね。それに僕が一番御師様を信じていますから）

　その言葉に師からの返事はないが、なんとなく笑ったような気配がした。


　朝食を終えたのち、蓮可は毅焔の屋敷内の植物園へ案内された。

　蓮可が師におつかいで薬草を頼まれたことを知り、一家で大切に育てている薬草を見せてもらうことになったのだ。

　大きな屋敷なだけあり、庭も見事だが植物園も立派だ。

　硝子《ガラス》張りの温室に入ると、幾畝《うね》にも整えられた畑に様々な野菜や薬草が育っている。天井高く枝を伸ばした木々には枇杷《びわ》やイチジクが実り、中には見たこともない実がたわわになっている。

「それで、頼まれたのはどの薬草だ？　庭師に聞いてみよう」

「は、はい！　これをっ」

忘れまいと、お守りのようにして首から下げてきた小袋から出した紙片を渡すと、毅焔が初老の庭師を呼び、蓮可の代わりに探してくれる。

「殆どのものがここで揃いますが、こちらがございませんね」

摘んだばかりの薬草をカゴに入れた庭師が、紙片の最後の項目を指さした。

「なんとか調達できんのか」

「こちらは相当貴重なもので、私も大昔に一度か二度見ただけでございます。貴宝山《きほうざん》で見た者がいると、以前行商が話しておりましたな。果たして本当かどうかもわかりませんが」

「僕は修行でよく山へ入りますので慣れているのですが、険しい山なのでしょうか」

庭師の言い淀む様子に、蓮可は小首を傾げた。

はじめから山で探すつもりだったので、植物園で殆どが手に入ってしまったこと自体、幸運だ。寧ろ、仙界で手に入らない薬草となれば、それなりに険しい場所にあることを覚悟していたくらいだ。

「いや、そうではない。神聖な山なのだ。なにせ仙人が降りた山だからな」

「なるほど。そうなのですか」

「信仰心もあって人はあまり寄りつかない。穢《けが》してはならないと思っているからな。だから目撃したという情報も信憑性《しんぴょうせい》に欠けるというわけだ」

「けれど、見たというならば確かめに行きたいです。あと一つですし」

「わかった。では俺も付いていこう。慣れない山だから助けは必要だろう」

「ありがとうございます、毅焔さん。とても助かります！」

「では、特徴を紙に書いてお渡し致しましょう」

庭師にも礼を言い、すぐにも山へと出る支度をすることになった。その間に庭師が薬草の絵と特徴を書いて用意してくれた。

山の麓《ふもと》まで馬車で行き、そこからは歩くことになった。

鷹の蔵寵も一緒の遠出だ。

使用人たちに見送られて馬車で出発すると、快晴の空に白い綿雲が浮かんでいる。窓越しに眺めていると、蓮可は胸が高鳴っている自分に気が付いた。

「なんだか急にそわそわとしてきました。無事に見つかるといいんですが」

「うむ。そうだな」

「はい！　あ、使用人さんにお弁当を作っていただいたんですよ。有り難いですね。もし果実を見付けたら、お礼に持って帰りましょう」

「ああ」

毅焔が頷く。

「それに庭師のおじいさん、とても絵が上手でわかりやすいです。アヤミコというのですね。仙界にもたくさんの薬草がありますが、これは初めて見る薬草です。一体どんな効能があるのでしょうか。ちゃんと師に聞かなければ」

「そうだな――くっ」

毅焔がふいに口を押さえて、小さく噴きだした。

その口元には笑みがはっきりと見えて、蓮可はきょとんと瞬《まばた》きする。

「あの、僕……何か変でしょうか？　変なことを言ってしまいましたか？」

「いや、そうではない。あの三人のときはどこへ行くにも、あまり乗り気な様子ではなかったお前が、今日は心から喜んでいるように見えてな」

「あ…」と蓮可は声を洩らした。

「そんなにわかりやすかったでしょうか……なんだか気恥ずかしいです」

「確かにわかりやすい。いや、寧ろはじめからこうすれば良かったのだ、――とな、ふと思ったのだ」

「それは、どういうことですか？」

「いや、うむ」

毅焔は言いづらそうにして顎を撫でてみせた。

蓮可がじっと見つめて小首を傾げると、苦々しい表情で額を撫でる。

「なに。俺は武人だ。疑ってかかるのも仕事だからな。魔物ではないかと怪しんで、蓮可がなぜ都へ訪れたのかと疑問に思うことすらなかった」

「どうかお気になさらないで下さい。僕も王様にとんでもないことを頼まれてしまい、いっぱいいっぱいになって説明をするところまで頭が回りませんでした。それに師には口止めされていましたし。

今はやっと当初の目的が達成できそうで、とても喜んでいるんです。それがつい、態度に出てしまって……お恥ずかしいです」

蓮可は小さくなって苦笑いした。

「心のつかえがなくなれば誰もが笑顔になるものだ。しかし仙人は一体何を考えているのだろうな。弟子であることを隠せとは……」

「本当です。僕たちの困る様子を視て、今頃ほくそ笑んでいるのかもしれません」

やれやれと肩を竦めた蓮可がそれを確かめることもできないまま、馬車は山の麓へと到着してゆっくりと停車した。

帰りは辻馬車を拾うからと馭者に告げ、二人は蔵龍を連れて山へ入った。

山の入り口には仙人を讃《たた》える石碑があり、多くのお供え物や花が飾られていた。

市街地からそう遠く離れていないとはいえ、魔物が出やすそうな木々の生い茂る場所だ。それでも尚、参拝に訪れる人がいるというのは弟子の蓮可にとってとても嬉しく、そして誇らしく感じられた。

参拝できるのは石碑までらしい。

ひとたび山の中へ入ると人道はなく、獣道があるばかり。

聖域、と聞いていたが、蓮可にはなんだか空気が重たく感じられた。

ひやりとして、全身に纏わり付くような心地が背筋をぞくぞくさせる。

果たしてこれは清浄な空気なのだろうか。蓮可が密かに心配していると、前を歩く毅焔が振り返った。

「どうした？　急に静かになったな」

先程までのはしゃぎぶりと比べているのだろう。それほどわかりやすい反応だっただろうか、蓮可は気恥ずかしさに肩を竦める。

「山の空気だからなのでしょうか、とてもひんやりしています」

「ああ、そう言えばそうだな。日差しが木の枝に遮られて薄暗いせいだろう」

「そうですね。湿気があるのかもしれません……」

それならばこの重たい空気も理解ができる。

「だけど、清浄な空気かと言われると、少し違う気がします」

「うむ。以前訪れたときは、もっと清浄な空気だったような気がするのだが……何かあったのだろうか」

毅焔は辺りを見回しながら言った。蓮可も自然と方々を見たが、木陰のせいか薄暗く感じる。

「ほんの少しだけ息苦しさがあるというか……」

「邪気というやつだろうか？　生憎《あいにく》俺にはわからんのだが、あまり良い空気でないことはわかる。長くいて躰に障ってはいかん。薬草探しは諦めて引き返すか」

「いえ、ここまで来て薬草を採らずに帰るわけにはいきません。必要なのはあと一種だけですから」

「しかしな……」

蓮可を心配して、毅焔が足を止める。蓮可はかぶりを振った。

「では長居はせず、見付けたら下山しよう。不調があったらすぐに言うように。それでいいか？」

「ありがとうございます。これはのんびりしていられませんね。早く薬草を見付けましょう！」

重たい空気を追い払うように気合いを入れた蓮可に、蔵龍も少し興奮気味だった。

大自然を喜んでいるのだろうか。時折毅焔に宥められつつ、肩の上できょろきょろと視線を動かしている。

「蔵龍も警戒しているのか。いつもよりピリピリしているようだ」

落ち着かせるように、毅焔が蔵龍の頭を撫でた。その手を鋭い嘴が噛む。甘噛みのようで痛がりはしなかったが、蓮可は内心驚いた。

「てっきりウキウキしているのだと思っていました」

「そういうときは、やたら鳴いては羽ばたくのだ。当人はじゃれている気でいるらしい」

「では、人と変わりませんね」

「そういう意味で鷹は素直だな。というより、鳥や獣は人より素直でわかりやすい」

「それでは人間嫌いに聞こえてしまいますよ」

蓮可はくすりと笑った。

「面倒なことのほうが多いからな。良いこともなくはないが」

二人は草叢《くさむら》を掻き分けながら山を散策して、時折それらしき草を見付けるたび、足を止めては庭師に描いてもらった絵と照らし合わせた。

しかし探せどもこれだというものが見つからず、探索の足は山深くまで入り込んでいく。

毅焔は時折蓮可の身を案じて、下山しようと提案したが、蓮可はかぶりを振った。

次第に道が険しくなり、木々の色が一層濃くなっていくと、それに合わせるように邪気が濃くなっていく。

蓮可の躰はどんどんと重くなっていき、やがて呼吸がしづらくなり、息が上がる。

けれど、あと一種見付ければおつかいは終わるのだから、もう少しだけがんばりたい。その気持ちが蓮可を耐えさせる。

しかし気持ちとは裏腹にどんどんと息が苦しくなり、胸の中に何かがぎっしりと詰め込まれたような、そんな苦しさがやってきた。

「は…、……は……」

呼吸がままならなくなると目眩《めまい》がしてきて、歩みが急に覚束《おぼつか》なくなる。蓮可は岩や草叢に足を取られてはよろめいた。

蓮可を見た蔵瓏がピィ！　と、甲高い声で一鳴きする。

もしかして心配してくれているのだろうか。ありがとう、と疲れた顔で笑顔を返すと、木の根に足を取られた。

「蓮可！」

気持ちでは焦っているのに躰がまるで言うことを聞いてくれない。

蓮可の躰は毅焔の腕に倒れ込むと、それっきり糸が切れてしまったように脱力して、ぐったりとしてしまった。

「あっ…？　……あ……、……」

声もまともに出せず、蓮可は呆然《ぼうぜん》とした。

毅焔が不安げに見下ろしてくる。

「蓮可、大丈夫か？　俺の声が聞こえているか？」

「は…はい……あの……はい……、……ぁ……ああ……」

ここでしっかり返事をしなければ、きっと毅焔はなぜもっと早くに下山しなかったのかと、自分を責めてしまうだろう。

蓮可は必死に声を搾り出そうとしたが、かえって息苦しくなってしまい激しく咳き込んだ。

「蓮可…ッ」

「ぃ、……一帯に……邪気が……濃い、……邪気が……、……」

「わかっている。お前は喋るな。このまま下山しても時間が掛かるだけ——そうか、待っていろ。良い場所があるぞ！」

毅焔ははっと顔を起こし、蓮可の膝裏を持ち抱き上げた。

「ふあっ、……～っ」

突然のことに驚いた蓮可は、力の入らない手で毅焔の胸にしがみつく。

毅焔は山道とは思えないほど軽々とした歩調で茂みを駆け抜けて、更に山の深い所へと進んでいく。

一体どこへ行く気なのだろうか。

これ以上、山深くなれば邪気も濃くなっていくだろう。蓮可にはそれが心配で恐ろしいのに、毅焔は何か答えを得た様子で、大股で走り続ける。

「ぎ、毅焔さ、ん…っ」

息も絶え絶えに声をかけた蓮可に、毅焔は「おう！」と威勢良く返事した。

「待っていろ。仙人が降りたと言い伝えのある池が近くにあったはずだ。邪気を浄化できるやもしれん！」

ああ、そうか。と、蓮可はほのかな期待を抱いた。

師が降り立った池なら、仙気が残っているかもしれない。淡い期待を胸に抱きながらも、蓮可の意識は急速にぼやけていく。

気を失っては駄目だ……と、頭の中で弱々しく叱咤《しった》したのだが、みるみると霞《かすみ》がかかっていき、最後には自分が起きているのかいないのか、それすらわからないほど、蓮可の意識はぼんやりとしていった。

＊

「――蓮可！　蓮可ッ、しっかりしろ、蓮可！」

名を繰り返す毅焔の腕の中で蓮可はどんどんと動かなくなり、最後は脱力していった。

毅焔は蓮可に必死で呼びかけながら山の中を走る。

貴宝山は父に連れられて幼い頃から幾度も訪れていたため地理は把握していた。しかし薬草の知識に暗かったのは盲点だったと気付かされた。

毅焔は激しく自分を叱咤しながら、幾度となく通った道をひたすら走る。

入山してすぐ蓮可が言ったように、山の空気は以前と違いどんより重たく冷たく感じられた。

はじめこそ毅焔は木陰に冷気が漂っているのだと思っていたが、山の深くへと踏み込んでいくうちに、全身に濃い湿気が纏わり付いたような、疲労とは明らかに違う違和感を覚えはじめた。

（これは良くないのでは）

毅焔は内心警戒し、後ろから付いてくる蓮可を心配した。

彼には邪気がわかるようだし、危険だと判断したときには引き返すと約束してくれた。

約束を疑っているわけではないが、あまりにも深い所まで来すぎではないだろうかと、密かに不安になった。

――そう、毅焔が心配した直後、蓮可が何かに躓《つまず》いて蹌踉《よろ》めいた。

咄嗟に受け止めて無事だったが、その躰はぐったりとしていて呼吸も苦しそうだ。きっと薬草に気を取られ、苦しいのに我慢していたのだろう。

細すぎるほど華奢《きゃしゃ》な躰を抱きかかえながら毅焔が懸命に走り続けると、少し開けた場所が木立の隙間から見えた。

仙人池と呼ばれるところだ。

木立を抜けて、やわらかな日差しが差し込む池を見た毅焔は息を切らしながら、大きく安堵した。

池には多くの蓮が大きな葉を広げながら、桃色の花を咲かせていた。

「よかった……ここは空気が清浄のようだ。水も……ああ、十分なほど澄んでいる」

これで池の水まで淀んでいたら絶望的だった。

「蓮可、浄化できるかもしれないぞ。冷たいだろうが、水にその身を浸させてもらう」

毅焔がそう言っても蓮可の反応はなく、先程よりも顔が青ざめていた。元より白く透明な肌をした青年だから、血の気を失うとぞっとするほど病的で、余計に不安になってしまう。

一刻も早く池の水に浸さなければと焦る気持ちで蓮可を池の畔《ほとり》に下ろし、毅焔は肩掛けの鞄《かばん》や上着、足袋や草履を脱がせていく。

肌着の合わせに手を伸ばし、毅焔ははっとした。

「…っ」

下着姿で水に浸そうと思い脱がせていたが、武人らしからぬ邪《よこしま》な感情が胸をよぎり手が止まってしまった。

蓮可の容姿が花のように可憐なのが困る。

その性格も朗らかで場を和ませるし、あまりにも素直すぎる表情が脳裡に留まってしまうほど、蓮可という存在は記憶に焼き付くのだ。

「……く、いかん」

この緊急事にもかかわらず、自分は一体なにを考えているのかと表情を険しくさせたが、一度心に張り付いた感情を振り払えず、毅焔は脱がすのを諦めた。

自らも刀を地面に起き、上着だけ脱ぐと、腕まくりをして蓮可を再び抱き上げる。

呼吸はあるが、意識がない。だらりと落ちた腕がぶらぶらと揺れて完全に毅焔に身を委ねてしまっている。

「冷たいからな。少しだけ我慢してくれ」

無事浄化できたら、すぐに焚《た》き火《び》の準備をしなければ。近くに洞窟があったのを思い出しながら、蓮可の細い躰をゆっくり水に浸していく。

蓮の葉を掻き分け、水面の中へ。池の深さがわからず、毅焔が手を離したら細い躰が沈んでしまいそうだ。毅焔は半身を前に出し、着物が濡《ぬ》れるのもかまわずに蓮可の浄化を強く願った。

ちゃぷ、と水音がして、蓮可の白い腕が、水面に浮かんでいた。

白みがかった茶色の、珍しい色の髪がゆっくりと広がっていき、水に溶けていくようだ。

ゆっくりと水面に躰を預け、横たわるように浮かぶ蓮可の躰に未だ変化はない。

毅焔には邪気を感じ取る力もなければ、清浄を感じることもできない。ただここは良い空気のような気がする。――と、感覚的に思うだけで、判断は曖昧だ。

蓮の根に絡まれて、池の深くに呑み込まれてしまわないか、そんな不安を覚えてしまう。

「蓮可、蓮可……！」

いつしかまた、毅焔は蓮可に呼びかけていた。

「あッ」

つい腕の力が籠もってしまった直後、蓮可の躰がずるりと滑った。

咄嗟に摑まえたが、濡れた躰を摑みきれずに前のめりになって抱き締める。

わかってはいるが、それにしてもなんて細い躰だろうか。

俐心も痩身だが、それ以上だ。背中に回した腕に力を込めすぎたら折れてしまうのではないか。そんな不安すら覚えて、自らの胸に抱き寄せる。

ふと、蓮可の背中に視線が行くと、白い肌着越しにうっすらと赤いものが見えた。

「――？」

背中を撫でると、薄い背中に肌着が張り付いて、赤いそれが形を成していく。

それはまるで大きな蓮の絵のようだ。

赤い、大輪の蓮が花弁を広げているような、そんなふうに見える。

まさか——痣？

毅焔は思った。

「……これは」

もし痣ならば、毅焔には見覚えがあった。

もっとしっかりと見たくて蓮可を抱き締め、背中を覗き込む。

「…、……」

腕の中の躰がひくりと跳ねて、耳元で微かに声がした。

「あっ、——ゃ……！」

途端に腕の中の細い躰が強張り、蓮可が毅焔の胸を押してきた。

「ま、待て！」

腕を離せば、蓮可が水に沈んでしまう。

毅焔は焦ったが、腕の中で藻《も》掻《が》く蓮可の抵抗は一層大きくなり、腕が濡れていたこともあって胸の中から逃げてしまった。

「落ちるぞ！　——あ、え…！」

寧ろ沈む、が正しいだろうか。

慌てた毅焔が蓮可の躰を摑まえようと腕を掻く。

ところが、蓮可は水面に沈むどころか反対に浮き上がり、波打つ水面に立ち上がると蓮の葉を掻き分けながら池の中央へと逃げていってしまった。

「待っ…！　蓮可！」

一体どこへ行こうというのか。

逃がしてしまったら二度と逢えなくなるような気がして、毅焔は咄嗟に腕を伸ばした。

一歩踏みしめた途端、あんなにも軽やかに駆けていった水面は毅焔につれなくて、どぼっ——と鈍い音をさせたと思うと、その身は池の中に落ちていた。

落ちたあとになって、毅焔は蓮可が仙人の弟子だったことを思い出した。

弟子ならば、水面の上も歩けるだろう。流石に初見では驚かされたが、冷静になれば納得できることだ。

蓮可よりも大きな躰は水によく沈む。しかし泳ぎは得意なほうだ。大きく一掻きして浮上しようとすると、足首に蓮の根が引っかかった。

「ぐ…っ」

不意を突かれてしまい、口の中の空気が零れた。

ごぼごぼという鈍い音を聞きながら蓮の根を外し、再び掻いたが、今度は帯だろうか、それとも着物の裾か、どこかが根に引っかかり浮上できない。

毅焔は水の中で焦り、激しく藻掻いた。

さきほど根に絡まった拍子に肺の中の空気は空っぽだ。

すぐに酸欠がきて、苦しさのあまり顔に苦渋が浮かぶ。藻掻くたび、何かに水底へと引っ張り込まれるようだ。このまま沈んで、二度と蓮可に逢えなくなるのだろうか。

あの子は一体どこへ行ったのだろう。

今、溺《おぼ》れているにもかかわらず、頭の中を廻《めぐ》るのは蓮可のことばかり。

あの子は都にいるかぎり、妖猫に狙われる。

毅焔がいなかったら一体誰が守るのか。

ぐ、と藻掻く腕に力を込めたが、やはりどこかに引っかかっているのだろう。水面は微かに見えているのに動けない。

（こんなことで……！）

毅焔が自分自身に怒りを覚えたそのとき、水面に人影が現れて、そこから白い腕が伸びてきた。

毅焔も腕を伸ばしたが届かない。今度は、どっ、と鈍い音がして人の躰が水面から落ちてきた。

すう、と白い腕がしなやかに水を掻き、蓮可が目の前に来た。

よかった。もう逢えないかと思った。――と、酷く安堵して笑みを零すと、蓮可が毅焔の両頬に手を伸ばしてきた。

「――…っ」

突然、何を。

やわらかなくちづけの感触に毅焔は驚いて、目を見開いた。

四肢が強張り、かーっと顔が火照っていくのが水中でもわかる。

蓮の葉に光を遮られた暗い水の中でも、蓮可の長い睫毛がはっきりと見える。桃のような小さな面立ちがうっすらと白い光を放ち、なんと神秘的なことか。

毅焔は頬の熱に灼《や》かれながら、その唇の感触に酔い、目の前でほんのり発光している愛くるしい相貌に魅入った。

くちづけに夢中になっているからか先程までの息苦しさが消え、今はこのまま水底へ沈んでもいいとさえ考えてしまうほどだ。それはいかんと頭の片隅で自分を叱咤しつつ、毅焔は腕の中に収まる細く華奢な躰にいたく感動してしまった。

これは一体どういう感情か。

毅焔の混乱と緊張をよそに蓮可の様子は至極落ち着いていて、数秒触れた唇をゆっくり離していくと、間近で小さく微笑んだ。

その微笑みは一体どういう意味なのか。くちづけの意味も、微笑みの意味もどうか教えてくれ。と、水中では尋ねることもできず、毅焔はぐるぐると悩む。

そんな毅焔を置いて、蓮可が躰を翻して足下まで潜っていった。

やはり着物が根に絡みついていたようだ。素早くそれを解いてくれた蓮可が、美しい魚のように毅焔の躰の周りを泳ぎ、水面へと音もなく上っていく。

あまりにもしなやかな動きに、毅焔は自分が溺れたことも忘れて、ただただ見蕩《みと》れるしかなかった。蓮可がこちらに向かい、再び手を伸ばしてくれるまで夢のような時間だった。

はっと我に返り、毅焔は伸ばされた白い手を握り締めた。

途端に蓮可が水中でもはっきりとわかる可憐な笑顔を見せて、ぐっと握り返してくれる。毅焔も力強く水を搔くと、漸く二人して水上へと無事に上がることができた。

「は…っ」

水面から顔を上げた直後、毅焔は肺の深くまで大きく息を吸い込んだ。

目の前で、はあ、と、蓮可も少し息を乱している。

水で躰は冷えたはずなのに、その頬は桃色に上気していた。淡いその色に気が付いた瞬間、毅焔の胸にはぐっと込み上げてくるものがあり、――気が付くと微かに開いたその唇を奪っていた。

「――っ」

細すぎる躰を抱き締めながら、触れたその唇は水中のときよりもやわらかくて温かい。

まさに生を感じると、先程までの青ざめた姿から蘇《よみがえ》った安堵で一層胸が熱くなり、抱き締める腕にも力が籠もった。

「う、ん…っ」

蓮可がせつなげな呻き声を零す。

その苦しげな声にまた我に返って、毅焔は唇を離した。

「は…ぁ、……ぃ、……一体、な、なにを……っ、はあ……ぁ……」

くちづけが終わった途端に蓮可が動揺に声を震わせながら息を切らした。その頬は先程よりも赤く染まり、狼狽《うろた》えた様子だ。

「み……水の中では息ができないかもしれないと思い、呼吸ができるように仙気をお分けしましたけど、こ、これは……い、一体なんでしょうか……、……は、はあ……」

「せ、仙気……？　あ――」

蓮可の言うとおり、確かに水の中でくちづけをされた直後から苦しくなくなったことに毅焔は気が付いた。

まさかそんなことができるとは知らなかった毅焔は、かーっと頬を熱くさせる。

「……す、すまない。……そういうことかと、……思ってしまった……」

最早どう言い訳していいかわからず、自分の勘違いを大いに恥じて毅焔は赤面で唸った。

「……それは、どういうことでしょうか？」

「そ、それは……」

しかもわかっていない蓮可の様子に、毅焔は一層苦々しい気持ちになるのだった。

＊

蓮池に落ちた毅焔を助けに池へ飛び込み、水中で仙気を分けて無事救出したと安堵したらなぜか唇を奪われた。

今のはなんだったのか蓮可にはその意味がよくわからずに困ってしまった。

都の風習かなにかだろうか？　と、不思議に思い尋ねると、毅焔は急に少し狼狽えた表情でしどろもどろに言うので、余計にわからなくなってしまう。

とはいえ、毅焔が無事で良かった。

蓮可もさきほどまでの不調が大分癒えた。

やはり池が清浄だったのだろう。ほのかに仙気が香る、美しい池だった。

濡れた衣服を乾かし、躰の疲れを癒やすために毅焔が近くの洞窟へ案内してくれた。

途中、鷹の蔵龍が枝から飛び降り、毅焔の肩へと戻ってきた。

「子供の頃に良く遊んだのだ。山中を駆け回り、池で水浴びをして、洞窟で着物を乾かしながら昼寝をした。野宿もな」

彼は向かう途中で小枝を拾い、洞窟へ着くとすぐに火を熾《おこ》した。濡れた着物を枝に掛けて乾かすと、蓮可がよく休めるようにと枯れ葉を掻き集めて寝床を作ってくれた。

「随分と慣れてらっしゃるんですね」

「幼い頃から諸国を廻っていたから、野宿はお手の物だ。さあ、楽にするといい」

やわらかな寝床へ横たわると、邪気からくる気怠さがまだ少しだけ残っていることに気が付いて、ほうと、吐息が洩れた。

洞窟まで行くのに途中足がふらついていたのも、邪気のせいだろう。

蓮池の仙気でも浄化しきれない邪気だ。聖なる山と聞いていたが、相当穢されているようだと、蓮可は思った。

「大丈夫か？　水と握り飯がある。食べられるか？」

「毅焔さんの分は」

「二人分あるから安心して食べろ」

「はい。——では、いただきます」

竹籠に入った握り飯を取り一口食べてみたが、少しだけ胸がむかむかとしてそれ以上食べる気にはなれなかった。申し訳なく思いながら渋々と竹籠へ戻して、再び寝床へ横になる。

蔵龍は少し離れた所で気怠そうに羽の手入れをしていた。

「腹が減ったら食べるといい」

「ありがとうございます。でもどうかあまりお気を遣わないで下さい。こうしていれば、じきに楽になりますから」

「うむ。……池の水は効いただろうか？」

「それはもちろん！」

堂々とした雰囲気の彼には珍しいほどおそるおそるといった様子に、よほど心配してくれていたのだな、と蓮可は慌てて幾度も頷いた。

「少し前まで息も苦しく、起きているのか眠っているのかわからないほどぼんやりとしていましたが、池の水に入ってから凄くさっぱりとしています。あと少しすればきっと完全に浄化されるでしょう。そんな気がします。ですからそんなに心配なさらないで下さい」

「ああ。……うむ」

焚き火の前であぐらを掻く毅焔は、どこか居心地悪そうな様子でうなじをがりがりと掻き、思い出したように髪に残る水気を絞った。

もしかして、彼が少し気まずげに見えるのは、さきほどのくちづけのせいだろうか。

隣で日に当たる蓮可は、そっと彼の横顔を眺めると急にそわそわとしてきた。

すると妙な沈黙が生まれてしまい、いよいよ心地が悪くなってしまう。

「——訊いていいか？」

「えっ」

不意のことに変な声が出てしまった。

「訊きたいことがある」

そう言って、毅焔は一つ咳払いをした。

「な、なんでしょうか。僕に答えられるものなら」

「蓮可の出身は、この閤領か？」

「はい。多分そうだと思います。……ですが御師様からは詳しく聞いていません。両親のことも知りませんし。気が付けば仙界にいました。御師様や兄弟子が親代わりでしたから、親がいないことに疑問を持ったこともなくて……」

「それは良くしてもらえているということだろう。幸せなのだ」

「はい。ですがいつか閤領を訪ねてみたいと思っていました。どこかにまだ両親がいるかもしれませんし、なにより生まれた地に少しだけ憧れや、懐かしさのような感情がありました。といっても、赤ん坊の頃に御師様に拾われたので記憶はないんですけどね。不思議です」

蓮可は笑った。

「そうか……赤ん坊の頃に。躰や魂が覚えているのかもしれないな」

「魂が……」

そう言われると、なんだか嬉しかった。

「今まで一度も閤領へは」

「一度もありません。ですので、このおつかいがとても楽しみでした」

それなのに次期王選びを任されたり、かと思えば王様は魔物が化けていると知らされたりと、次から次へと驚くことが続いて、まったく気が休まることがない。

「甚神仙人に尋ねたいことがあるが、繋ぐことはできるだろうか。術のことではない」

「どうでしょうか。今朝も返事すらなかったですし……気まぐれなお方ですから」

正直、今師に声を掛けたとしても応えてくれるという確証がない。

「試しに訊いてみてくれないか」

「え？　でも……」

蓮可は困った。師の気まぐれで、毅焔をまた落胆させてしまうのは気が進まない。

「訊いてみてくれ、頼む」

熱心に言われて、無理だとは言えなくなった。

「……ご期待に沿えるかわかりませんが、……では、やるだけやってみます」

毅焔の意図は読めないが、その熱意に断ることができず、蓮可は心の中で師に声をかけてみる。

案の定、師からの返事はなかった。

「すみません。いないのか、御師様からの返事はありません」

今朝も返事をしてくれなかったし、きっと意図してやっているに違いない。

けれどそれを蓮可が怒ったとして、きっと師には師の考えがある。

天邪鬼《あまのじゃく》だ気まぐれだと呆れつつも、師は感情で弟子を落胆させることはない。

その行動には必ず意味があって、今は話すべきときではないと判断しているのだ。蓮可は確信しながらも、毅焔の期待に応えられないことが苦しかった。

「そうか……」

彼の落胆した表情を見ると蓮可も少し悲しくなった。

師さえ応えてくれれば済むことだというのに、やっぱり意地悪な人だ。

「その……背中の痣だが」

「あっ」

師に対して密かにむくれていたところに、触れられたくない話題がきて、蓮可は飛び起きた。

濡《ぬ》れた肌着を乾かすから脱げと言われたが、背中の痣を見られるのが嫌で頑《かたく》なに断ったばかりだ。

それに、蓮池でも肌着が濡れて透けて見えてしまったことに驚いて、咄嗟に逃げてしまった。

「……っ」

蓮可は何も言えず、ただ自身を抱き締めながら、嗤われまいかと身を強張らせた。

「その痣は生まれつきか？」

「……師に訊いたことがないのでわかりません。でも痣ならば、そうなのでは……」

痣の話はしたくない。

蓮可は声音を落とし、暗い表情になって返した。

「あの……この痣のことはどうか忘れて下さい。醜いでしょう。蓮池で咄嗟に逃げてしまったことは謝ります。痣を見られたくなかったのです。兄弟子にもよく嗤われているんです。……ですから、痣のことは言われたくないのです」

「醜いなどと、何を言う。肌着越しでも満開の蓮の花のようで美しかったぞ」

「…え？」

おもわず口から気の抜けた声が出た。

驚いた様子で言った毅焔に、蓮可は俯《うつむ》いていた顔をそっと起こした。

「なんだ。驚いている顔だな。嘘など吐くものか」

毅焔は苦笑した。

「世辞でもない。痣とは思えぬほど美しい」

目が合うと、毅焔は大きく頷いてみせる。その言葉に一切の偽りはないと、そんな反応に、蓮可は「え…」と戸惑いを返した。

「ですが……兄弟子たちに」

「それは馬鹿にして嗤っているのではなく、見蕩れてしまうことを誤魔化しているのかもしれんな」

「あ……あの、毅焔さんの言うことの意味がよくわかりません。ですが、嗤われるのは本当で……ですから痣を見られるのは……」

「見られることが嫌ならば無理に見せろとは言わん。ただ、誤解しないでほしい。俺の目には、とても美しく見えた。鮮やかな赤色をした満開の蓮の花だ。そのような痣が醜いはずがない。見蕩れてしまい、蓮可をうっかり水の中に落としかけたくらいだ」

「――……っ」

はは、と毅焔は照れ臭さを誤魔化すように笑ってみせたが、蓮可はそれ以上に気恥ずかしくて顔が熱かった。

耳の先まで火照り、首筋までぽかぽかしている。

気が付けばまた俯いていたが、さきほどの暗い気持ちとは違う。

ずっと汚点だと思っていたものを褒められたのだ。それも、毅焔に。

彼は嘘を吐けない人だ。

彼の側に少しいただけでわかる。

そんな彼に褒められたのだから、嬉しくないはずがない。

「きっと兄弟子たちもそうなのだろう。なにせ弟弟子の背中に見蕩れたわけだからな」

「まさか……でも……」

戸惑う蓮可に、毅焔が苦笑する。

「定かではない。だが悪い意味で誤解されているのは俺も悲しい。蓮可が傷ついているのだからな」

「そんな……毅焔さん……」

蓮可が傷ついていることを案じて、誤解を解いてくれただなんて。それほど蓮可を思ってくれる、彼の気持ちが嬉しい。

彼の優しさが特別なものに感じられてしまい、蓮可はどうしていいものか少し困った。

初めて出会ったときから彼の姿は他の人よりも鮮やかに見えていたが、一緒にいればいるほど、その人となりを知り、自分の中に様々な感情が芽生えていくのがわかる。中でも、落ち着かなくさせるような心の疼《うず》き、こそばゆさが、蓮可を困らせて気恥ずかしくさせていた。

「あの……、……ありがとう、ございます」

照れ臭さで縮こまりながら、蓮可は弱々しく礼を言った。

「ずっと醜くて恥ずかしいものだと思っていたので、その言葉に救われます。だけど、そんなに褒められると、今度は気恥ずかしくて、痣を見られるのが照れ臭いです」

「見せろとは言わん。そこまで助平ではない」

「え…？　助平？」

「いやっ、…………な、なんでもないっ」

急に毅焔が頭を抱えてしまった。

「我ながら、己の不器用さに腹が立つ。……まったく、こういうときは、どうしたものかと」

「……毅焔さん？」

なんだかとても取り乱しているようだが、背中の痣と何か関係があるのだろうか？

小首を傾げた蓮可に、毅焔は顔を赤くしながら咳払いをした。

「とにかくだ。俺はお前を守る」

「今でも十分に守っていただいてます」

「そうではない。――いや、そのままか。それ以上だ。俺はお前を守る。決めた」

急に真剣な顔つきになったと思えば、覚悟を決めたようなことを言われ、蓮可は反応に困った。

凛々しい眉をした男性的な相貌をじっと見つめると、「どうした？」と不安そうに尋ねられて、蓮可は尚も困り果ててしまった。

「どうしたとは、こちらの台詞《せりふ》です。毅焔さん、急に思い詰めたような表情で何かを決意するようなことを仰るので、僕はどう反応していいものか悩んでしまいました」

「蓮可はいつも通りでいい」

「そのつもりです。ですが、毅焔さんは違うのですか？」

「俺も今まで通りだが、気持ちが違う」

「どう違うのですか？」

「どう、とは」

答えを待つ蓮可がじっと見つめると、毅焔が眉間に深い皺を刻み、苦しそうに唸った。

「……言っただろう。俺はずっと蓮可を魔物だと疑っていた。だが、その疑いが俺の中で完全に晴れたんだ。――今はそうとしか言えん。だから守る。仙人でなく、その弟子だろうと、魔物ではないと知れば全力で守る」

「それはとても頼もしい御言葉です」

嬉しい反面、彼にとって自分が少し特別な存在になったのではないかと、ほんの少しだけ自惚《うぬぼ》れを抱いていた自分に気が付いて、蓮可は密かに落胆した。

本当はくちづけの理由を訊きたい。

でもなんだか訊くのが怖くて、言葉にしないように胸の奥底に仕舞い込んでしまう。自分が特別だと感じて自惚れていたあとでは、尚更訊きづらくなってしまった。

「どうした？」

もぞもぞとしていることを毅焔に気付かれてしまったようだ。

「いえ。何も……」

「そうか」

また妙な心地悪さが洞窟内に居座り、蔵寵だけが暢気にピィと、猛々《たけだけ》しい姿のわりに愛くるしい声であくびをした。

パチッと焚き火の小枝が爆《は》ぜる。

少しの間二人は沈黙して、ゆらゆらと身をくねらせる焚き火を眺めていたが、毅焔がふと口を開いた。

「蓮可が水面の上を軽やかに駆けていったとき、仙人の弟子なのだなとつくづく思った。大した力だな」

「弟子と言っても、一番下のまだまだ未熟者です。でも水面を駆けるのは得意なんです」

褒められて、蓮可ははにかんだ。

「あのときは痣を見られたことに驚いてしまって、咄嗟に逃げてしまいました」

「いいのだ。蓮可が痣に負い目に感じていたと知らず、寧ろ傷付けただろう。だが、俺は嬉しくもあった。なにせ君は本物の仙人の弟子だったのだから」

「魔物ではありませんよ」

「うむ。それもあるが、俺は幼い頃に家を出されて諸国を廻ってきた。それはすべて王に化けた妖猫をいつか倒すための準備だった」

話の途中で蔵寵が毅焔の膝の上に乗ってきた。

彼が肩掛けの鞄から出した干し肉の欠片《かけら》を小さく千切ってやると、蔵寵は嬉しそうに啄《ついば》んだ。

「諸国を廻りながら、いろいろな情報を集めた。仙界へ行くための方法を聞いたり、仙人と話ができるという術士に会ったり。まあ、どれも眉唾物《まゆつばもの》な情報で無駄足だったがな。しかし水面を駆ける蓮可の姿に、この子は本物なのだと実感したんだ」

「でも毅焔さんは池に落ちてしまったのに……」

「その程度のこと、大したことではない。肥溜《こえだ》めでもあるまいし」

快活に笑う毅焔に、蓮可も小さく笑顔を返した。

「お若い頃から妖猫退治の準備をされていたのですね。……それで、退治の目処《めど》は立ったのでしょうか」

「それを言われると、不甲斐ないとしか言いようがない。人の武器は妖猫を追い払うことはできても、トドメは刺せない。どう足掻いたところで、完全に息の根を止めるには目下仙人の言う『術』が頼りなのだ」

「どんなに兵を集めても太刀打ちできないのですか？」

「諸国を廻り修行する最中、幾度か魔物に出くわしたが、追い払うことはできても一度として倒すことはできなかった。幾人もの手練《てだ》れが束になってもだ」

「そんなに……」

　蓮可は静かに驚いた。

「人が魔物に勝つ術がないのなら、襲われても何もできないということでしょう。……そんな恐ろしいことがあっていいのでしょうか……」

「幸いなのは、奴ら、ただの人間を喰ったところで大して腹は膨れんということさ。だから徒党を組んで反撃されたのでは、魔物も割に合わないのだろう。人は弱いことで救われているのだ。――だが、王気や仙気を持つ者は別だ」

「……魔物にとっては御馳走なのですもんね」

「そうだ」

　蓮可は微かな恐怖を覚え、こくりと喉を鳴らし唾を飲み込んだ。

「一日も早く王を決めて王気による都の結界を作るのが、我らが今できる魔物を追い出すための最善の策だろう」

「ですが……僕が王を選んでしまったら、その方が妖猫に狙われてしまいます。結界が張られるまでの間、毅焔さんや兵士がその方をお守りするのですか？」

「そうなるだろうな」

「……トドメを刺すこともできないなら、妖猫もつけあがります」

「だから腕の立つ兵士を一人でも多く集めて回ったのだ。ついでに無敵の剣を打てる鍛冶でも見付けられたなら尚良かったのだがな」

「こんなときに冗談など……」

　きっと不安がる蓮可を安心させるための言葉だろうが、何もできない自分に悔しさを覚えてしまう。

「……僕にお手伝いできることがあれば良いのですが……」

　もし何かあって、毅焔や俐心が怪我を負ってしまったら。

　兵士たちもだ。都や城を守るために尽力する彼らの熱意を感じてしまうぶんだけ、手助けできない蓮可は急に暗い気持ちになってしまった。

「せめて御師様が応えてくだされればいいのに」

　吐息混じりの蓮可の言葉にも、師は応えない。

「蓮可には王を決める大切な役目がある」

「……ですが……、……」

やはり思うのだ。

あの候補者の三人は王に相応しくない。

毅焔か弟の俐心に。――いや、今は心の距離を近くしたぶんだけ、毅焔が王に相応しいと心が訴えている。けれどそれを偽りの王が許してくれるのか。

もし仮に毅焔を王に選んだとしても、今度は彼が妖猫に襲われる可能性が出てきてしまう。彼を傷付けるのは嫌だ。

腕の立つ兵士に守られたとして、妖猫の力がどれほどのものなのか蓮可にはわからない。

街で見た妖猫は鋭い牙で獰猛《どうもう》な獣そのものだったし、しかも酷く餓えていた。

魔物は王にかぎらず、王族にも化けていると言う。一体何匹いるのか想像もできないし、人の手でいつまで守り切れるのか不安でしかない。

「蓮可。そう不安な顔をするな」

「そうは言いますが……」

自分の非力さが嫌になる。

彼に逢うと知っていたら、もっと修行に励んでいただろう。

微力ながらも毅焔を支えて、王城や閣領を守るための手助けになっていただろうに。今は何もできないことがもどかしくて、やはり不安で泣けてきてしまう。

「僕は毅焔さんにご無事でいてほしいのです。俐心さんも城の皆さんも、都の人たちにもです。御師様に頼らず、僕が何かできたらいいのに」

「その気持ちだけで十分だ、蓮可」

ぽんぽんと肩を叩いて励まされ、こんなときにまで優しくしてくれる毅焔の懐の大きさに、自分自身が情けない。

項垂《うなだ》れたまましょんぼりすると、「おいおい」と呆れられ、その胸に引き寄せられた。

「…っ」

逞しい腕の中に収まると、ふわりと不安が霧散していくのがわかった。

その代わりのように頬が火照っていく。

「しっかりしてくれ、蓮可。まさかまた邪気に当てられたのか？　そういうわけではないのだろう。お前が暗い顔をする必要などないし、俺の兵士は強者揃いだ。人の力を侮るなよ。いざとなれば、目に物を見せてくれる」

「……、……」

心配しているし、一方で信じているのだが、今はなんだかそれどころではないようだ。

急に落ち着かなくなってしまい、蓮可は声にならない声を零しながら、魚のように口をぱくつかせた。

そんな間抜けな様子を毅焔に見られてしまうのが恥ずかしくてまた俯いてしまうと、「蓮可」と声をかけられて、優しく背中を撫でられた。

この人にとって、自分は子供なのだろうか。

慈しみのある愛撫に、蓮可は少しのじれったさを覚えてしまう。

確かに毅焔の精悍さと比べたら、蓮可の容姿は子供そのものだ。細すぎるし、背もさほど高くない。

都へ訪れてからすぐに、自分の容姿は男性ではなく女性に近いと思った。

きっと彼の目に蓮可は幼すぎて映っているのだろう。

事実上の保護対象だ。それがなんだかもどかしい。

拗ねる意味などないのに、少し不服だった。

「蓮可。どうした？」

窺《うかが》う毅焔に（子供扱いして）と蓮可は小さくむくれて何も言い返せなかった。

「……蓮可？」

「僕は仙界で育ちましたから、本当なら毅焔さんより年上なんですよ」

「？　う、うむ。それがどうした？」

「ですからっ——もういいです。別になんでもありません」

子供扱いするくせに、なぜ蓮池でくちづけしたのか。その意味を訊こうとしたが、やっぱり気恥ずかしさが勝り、できなかった。

もぞもぞして口籠もる蓮可を、毅焔は不思議そうに見ていたが、最後はふっと微笑してみせた。

「まあいい。俺にも言えないことがある」

「……毅焔さんにも、ですか？」

「ああ。まだ言えん。いずれ言う」

「それは僕に関係することなのですか？」

「ああ。おそらくな。愉しみにしていろ」

「……はあ」と、蓮可は曖昧な返事をすることしかできなかった。

「毅焔さん、出会ったときはとても怖い雰囲気の方でしたのに、今はとてもお優しいです。そういえば、貴族の皆さんと都観光をしたとき、何か言いたげでしたよね。僕、その毅焔さんの様子がずっと気になっていたんです」

「あの我が儘らに振り回されて気の毒だなと。魔物かもしれんと疑いつつも、多少は哀れんでいたのだ。それに近いうちに正体を確かめねばと思っていた。その機を探して焦ってはいたが、あの貴族共がとにかく邪魔で邪魔で……」

「そんな……あの方たちは、よっぽど嫌われていらっしゃるのですね」

蓮可はたまらずくつくつと笑みで肩を震わせた。

「当然だ。我が儘で私利私欲しか考えていない。あれの中から王を選ぶのは難題だぞ」

「……はい」

蓮可は頷いた。

もう既に心の中には決めた人がいる。

それを偽りの王に伝えても、聞き入れられないに違いない。そうとわかっていて進言する覚悟が蓮可にあるのか。それが今は問題だ。

細い躰を抱き締める逞しい腕の抱擁に安心する。

そっと彼の胸に寄り添うと、安心感は一層大きくなり、どんどんと甘えたくなっていく。

僕は年上なのに。――なんて、強がってみたが、彼の存在感は年なんて関係ない。蓮可を優しく強く包み込んでくれて、すべてを圧倒する。

いつの間に、彼はこんなにも特別な存在になってしまったのだろうか。蓮可は自分の中の急速な心の変化に戸惑いながら、一方で毅焔に抱擁され、今はとても気持ちが落ち着いている。

面倒なことは暫く忘れて、ずっとこうしていたい。――そう思いながら、彼の腕の中で目蓋を閉じると、ピィ！　と、蔵龍が鋭い声を上げた。

その声に顔を起こすと、蔵龍が激しく羽ばたきながら洞窟の入り口で何かに向かい威嚇している。

毅焔が蓮可を庇《かば》うように前に出た。その手にはいつの間にか剣が握られ、ビリビリするほどの警戒心をもって前方を睨《にら》み付けている。

洞窟の入り口に大きな獣の影があった。全身から立ちこめる邪気。

――妖猫だ。

「ぎ、毅焔さん」

「魔物だ。動くな、蓮可」

「――っ」

彼は武人だ。けっして魔物に臆しはしない。その心の強さと逞しさに蓮可の心は酷くときめいてしまい、不慣れな感情にどぎまぎしてしまう。

目の前にある広い背中にそっと寄り添うと、魔物の恐ろしさが遠退いていった。

俺の側にいれば大丈夫。なにも恐ろしいことなどない。――と、彼の体温が蓮可に語りかけてくれているようだ。

しかし二人には洞窟の最奥で逃げ場はない。

天井に小さく開いている穴は、煙は出せても人が逃げるのは無理だ。魔物は入り口からじっとこちらを見つめているだけで、動こうとはしなかった。

ただただ全身から噴き上がるような黒い邪気が、洞窟の中へゆるりと入り込み、清浄な空気を穢していく。

また少し空気が濁ってきて胸が苦しい。毅焔を心配させたくなくて蓮可はじっと耐えていたが、次第に息が上がって脂汗が滲んできた。

「あれは僕を喰う気なのですか……？」

「わからん。だがさせるものか」

毅焔が蔵寵を呼んだ。蔵寵はすぐさま大きく羽を広げ、毅焔の腕へと飛び移る。

ピィイ――――！　と、一際甲高い声で蔵寵が一鳴きすると、入り口に立つ妖猫が僅《わず》かに怯んだ。

「蔵竉、行け！」

その隙を毅焔は見逃さず、蔵竉を妖猫めがけ解き放つと、禍々しい影はすぐさま身を翻して逃げていった。

「ここにいろ、蓮可」

「あっ」

毅焔まで追い掛ける気なのか。何かあってはいけないと心配する蓮可が腰を浮かせたが、自分ができることなど何もない。小さく落ち込みながらその場で項垂れると、毅焔は入り口で足を止め、じっと外の様子を見ていた。

「どうか無理をされないでください！」

彼こそが王に相応しいのだから、こんなところで怪我を負われては困る。

蓮可が大きな声を出すと、右手を挙げて「大丈夫だ」と応えて、安心させてくれた。

しかしどこかから蔵竉の鋭利な鳴き声が響き、それに被さるような怒号が聞こえる。

その声が心配でたまらず蓮可はそろそろと立ち上がり、毅焔の側までやって来ると、彼の逞しい腕にそっと掴まりながら空を見上げた。

「蔵竉は大丈夫なのでしょうか」

蓮可の問いかけに、毅焔は返事をしなかった。

横顔を見上げると、その険しく硬い表情に状況はけっして良いとは言いがたいのだとわかる。

無事に帰ってきてくれればいいが……。そっと蓮可が祈ると、程なくして妖猫の声が次第に遠ざかり、森に静寂が戻ってきた。

毅焔がピイ！　と、指笛を吹くと、木立の上を滑るように蔵寵が戻ってくる。

「あ！　無事でしたね！　良かった」

蓮可が喜んでいると、蔵寵が毅焔の胸に飛び込むように戻ってきた。激しく羽ばたく蔵寵を毅焔が抱き締めながら興奮を宥《なだ》めてやる。

蔵寵はよほど気が立っているのか腕の中で激しく鳴いていたが、次第に大人しくなり、再び毅焔の腕に摑まった。

「怪我をしているな」

右脚の太腿《ふともも》の羽毛が血に濡れていた。

「僕、薬草を持っています。すぐに練りますから、応急処置に使いましょう」

「それは助かる」

二人は蔵寵を連れ、再び焚き火の前に戻った。蓮可は薬草を練り、毅焔は脚の血を水筒の水で流す。

「処置が終わったら山を下りよう。ここに我らがいることを妖猫が知っている以上、長居はできん」

「はい」

「……また邪気で苦しくなるだろうが」

蔵寵の背中を撫でながら、一方で蓮可を心配してくれる。その優しさが心に染みて、「平気です！」

と力一杯返した。

「今は怪我を負った蔵寵のほうが心配です。一刻も早く山を下りて休ませてあげないと。僕は口に手拭いでも巻いていきますから！」

「そ、そうか。うむ」

　毅焔が少し困ったような様子で苦笑した。

「毅焔さんや蔵寵が果敢に妖猫に立ち向かっているのに、僕は何もできずじっとしているだけでした。力がないのはわかっていますが、なんだか悔しくて……。せめて蔵寵のお世話はしてあげたいのです」

「そうか。それは有り難いな」

　毅焔は苦笑を消して、微笑んだ。

　彼もまた少し安堵《あんど》しているようだった。

　なにせ相手は妖猫だ。トドメがさせない以上、あちらが本気になれば太刀打ちできなかったかもしれない。

　そう思うと、蓮可を守りながらの対峙はさぞ心労をかけただろう。

「と、とにかく、薬草を。もう少しですからっ」

　何もできない、してやれないという落胆に心がまた落ちかけたが、蓮可はすぐさま気持ちを切り替え、岩の上で薬草を潰していった。

＊

大事なねぐらに何者かの気配がしたので、わざわざ城を抜けだして山へ来てみたら、仙人と将軍が洞窟で暢気に焚き火をしていた。

ほんのりと漂う甘い仙気の香りに、長らく抑え込んでいる空腹が酷く刺激され、そのまま喰らいついてしまいたかった。

二人は洞窟の突き当たりにいる。逃げ場はない。だからこそ激しい誘惑に腹が鳴り、涎も出たが、妖猫はぐっと堪えた。

先日仲間が抜け駆けしようとして仙人を襲い、見事返り討ちにされたと知った。

王の許可もなく仙人を喰らおうなどと絶対に許しはせんと、その場で共食いしてやったが腹は膨れるどころか胃もたれして、まったく喰い損だった。

だからこそ余計に美味《うま》い獲物が喰いたい。——そう思うと飢餓感は一層強さを増し、いよいよ限界かと思った直後、鷹に威嚇され、仙人に近づくどころか踵を返す羽目になった。

執拗《しつよう》に追い掛けてくる鷹に苛立《いらだ》ち、一撃を加えてやったが大した傷ではないだろう。

こちらは腹の虫を宥めながら息も絶え絶えに城へ戻り、人知れず老いた王の姿へと戻ったが、餓えは一層酷くなってしまった。

仙人はいつになったら、次期王を決めるのか。

仙人だけ喰っても、また直に空腹が来てしまう。

せめてあと一つ。長らく腹を満たせる糧《かて》が必要だ。

王が子を作り、それがまた糧になるやもしれぬ。

――そう思うと、渇いた口の中に唾液が溢れて、腹の虫がまた暴れだした。

*

急ぎ足で山を下り、麓の宿屋で辻馬車を呼んだ蓮可は、傷ついた蔵寵を抱きかかえながら、毅焔と共に繚家の屋敷へと戻った。

屋敷に到着する頃にはすっかり夜で、本日の勤めを終えた俐心が心配そうに二人を出迎えてくれた。

「城へは戻らず、今夜もどうぞこの屋敷でお休みください。なに、王にはまた適当に言って誤魔化しますので」

そう言い、俐心が客室へ案内してくれた。

「俐心さん、蔵寵は……」

俐心を追い掛けて、回廊を歩く蓮可は尋ねた。

「今夜は兄上がつきっきりで看《み》るでしょう。痛みのある最中は傷を弄《いじ》ってしまうので、落ち着くまでは目が離せないのです」

「では僕もお手伝いします。僕も当事者です。毅焔さんは、蔵寵が傷ついてしまうかもしれないと知りつつも覚悟して、妖猫へ向けて放ったのですから。それもこれも僕を守るためですよね？　ならば僕にも責任があります」

客室へ向かう足を止め、俐心が振り返る。困った様子だ。

「うーん。兄上には客室へお連れするようにと言われていたのですが、……あなたなら、きっとそう言うだろうと思いました」

「俐心さん」

ぱっと笑顔になった蓮可に、俐心も諦めた顔をする。

「今日は怖い思いをしたのですから、しっかりお休みになってもらいたかったのですよ。だからこそ、兄上も私にそう命じたわけですし。——でも、蓮可がそう言うのなら仕方ありませんね」

さあ、こちらです。

と、俐心が踵を返し、歩いてきた方角へ引き返す。

「どちらへ？」

「兄上の部屋です。そちらに寝床を用意させましょう」

「え!?」

「ん？」

素《す》っ頓狂《とんきょう》な声を上げた蓮可に、俐心が不思議そうな顔で振り返った。

「どうしました？」

「あ、…いえっ、は、はい……よ、よろしく、お、おねがいします……」

「大丈夫ですよ。兄上、いびきもないですし、寝言も言いませんから。就寝中は死んだようにぴくりとも動かなくなるので、逆に怖いくらいです」

「は、はあ……」

そういうことではないのだが。毅焔の部屋で一晩過ごすなどと、想像したら緊張でしどろもどろになってしまった。

「あ、なぜそれを知っているのかと言うと、いくら兄弟だからといって一緒の寝床で仲良く寝ているわけではなく、兄上ってば時折庭でうたた寝してしまうんですよ。それが本当に気配もなく眠るので、見付けたときはいつも驚かされるし、家の者たちもびっくりして。——聞いてます？」

「は、はいっ。大丈夫です。聞いています」

「まあ、今日は蔵寵の看病がありますし、徹夜になるかもしれませんね。蓮可が眠るまででいいので、話し相手になってやってください」

「……はい」

　俐心はとても兄想いの、気遣いのできる優しい人だ。きっと同室だと聞いて緊張した蓮可の強張りを解きほぐしてくれたのだろう。

「あの……俐心さん」

「なんですか？」

「俐心さんも僕が妖猫の仲間だと疑っていたのでしょうか」

「ええ、勿論ですとも」

　笑顔で断言されてしまった。

「では、いつお疑いを下げたのですか？」

「兄上があなたを信じると言ったからですよ。飲み屋を出て妖猫に襲われた後ですね。あなたと何があったのかは知りませんが、兄上がそう言うのですから私は信じます」

「そうなのですか。……ありがとうございます」

「まあ、妖猫かどうかはさておいて、仙人であることのほうが疑わしいように思いましたけどもね。弟子だというのに納得です」

「……ははは。弟子の中でも末の、未熟者です。ですので仙人だと思われることのほうがおこがましくて、御師様に申し訳ないです」

「――その御師様とは、まだ連絡がつきませんか？」

毅焔から念話のことを聞いていたのだろうか、尋ねられて蓮可は申し訳なく頷いた。

「すみません。あれから何度か御師様に声を掛けているのですが、まったくと言っていいほど気配を感じません。僕たちが洞窟で妖猫と対峙したときでさえもです……」

御師様の薄情者。――と、きっと聞いていないだろうと信じて、胸の内で呟いた。

「仕方ありません。仙人は千里眼を持つと聞きます。もし先のことが視えていながら何も応えて下さらないというのなら、我々だけで越えなければならない場面なのでしょう」

「……そうだといいのですが。我が師ながらあまりのつれなさに、弟子の僕が悄気《しょげ》ています」

肩を落とすと、俐心が暢気な笑い声を上げた。

俐心に毅焔の私室へ案内され、そろそろと部屋へ入った。

「お前のことだ。きっと来ると思った」

毅焔は怒るどころか、苦笑してみせた。

「すみません。蔵寵が心配で……その……」

「かまわんさ。こいつもホッとするだろう。蓮可を気に入っているようだし」

よもや彼の私室でひと晩を明かすことになるとは思わず、蓮可はドキドキとして落ち着かない。

今日は山登りをして危険な目にも遭ったのだから、毅焔だって相当疲れているはず。更に今夜蔵寵の看病をつきっきりでするというのに、蓮可の相手まですることになっても尚、優しい言葉をくれる。

すぐに使用人がきて、蓮可の寝床を設置してくれた。

毅焔の部屋は客間に比べると広さこそあるが随分質素で、寝床と文机《ふづくえ》と書棚があるばかりだ。

今夜は看病のため蔵寵が横たわる籐の籠が寝床の脇に置いてあり、蓮可の寝床も籠の隣にしてもらった。

二人で蔵寵の籠を挟んでの夜だ。怪我を心配しながらも、やはりドキドキする。

「蓮可、眠かったら寝ていいんだぞ。俺は鍛えているから一晩寝ずとも平気だが、一日動き回ったんだ。お前は無理をするな」

「はい。ありがとうございます。でも毅焔さんも無理はしないでくださいね」

「俺が寝たら、蔵寵が怒って起こすだろう。なあ、蔵寵」

籐籠の中は藁《わら》が敷き詰められており、やわらかそうだった。毅焔がいつものように頭を撫でてやると、蔵寵は嘴を擡《もた》げて嬉しそうにしてみせる。

「痛みはなさそうですか？」

「おそらくな。蓮可が練ってくれた薬草が効いたようだ」

「それは良かったです。仙界の薬草とは違うので、少し心配だったのです。——あの、僕が撫でても？」

「ああ、撫でてやってくれ」

毅焔に許可を貰《もら》い、蔵寵の羽を撫でてやる。

木目のような艶やかで美しい柄だ。その凛々しい表情もあって、触れることが少し怖かったが蔵寵は大人しくしてくれた。

蓮可は不安にさせないように微笑みながら、二度三度と撫でてやると蔵寵が小さく鳴いた。

「甘えた声だ」

毅焔が苦笑した。

「妖猫に付けられた傷ならば邪気が残っているかもしれませんね。僕の仙気で浄化してくれるといいけれど」

「益々蓮可のことが好きになる」

「そ――……それは……っ」

それはどういう意味かと蓮可は焦って、尋ねた声が掠《かす》れてしまう。

「蔵寵め、俺にはこんな甘えた声は出さないからな。よっぽど蓮可が気に入ったのだ」

「あ……はは……そ、そうなのですか」

蔵寵のことを言っているのだと漸く気が付いて、蓮可はほんのりと頬を赤らめた。

てっきり毅焔に告白されたとばかり思ってしまい、とんだ勘違いだと余計に気恥ずかしくなってしまう。

「うむ。それも仙人の力だと言っていたな。羨ましいぞ。俺は蔵寵を手懐けるのに、随分とかかったからな」

蓮可の照れにも気付かず、毅焔は寝床へ倒れてしみじみと言った。

「獣をならす能力。――それも師から習ったのか？」

「いえ。修行を積むうちに、次第に自分の特技のようなものができてくるので、僕はそれでした」

蓮可も寝床に倒れると、すぐに眠気がやってきた。

ほわ、とあくびを零すと、毅焔が小さく笑う。

「赤ん坊のようなあくびだ」

「子供扱いしないでください」

「すまんすまん。さあ、寝るといい。俺は蓮可の寝顔を肴《さかな》に、蔵寵を看よう」

「それは大分恥ずかしいですが……ぅう、……すみません、あまり長く保《も》ちそうにありません」

彼を真似して、横にならなければ良かった。

ささやかな後悔を胸に、眠気に搦《から》め捕られそうになっている蓮可は、すぐに寝てしまいそうなことを先に謝ると、毅焔は笑った。

「かまわん。眠るといい。何があっても俺が守るから」

「……」

そんなことを言われると、またドキドキしてしまう。

蓮可は胸にこそばゆさを覚えながら、ゆっくりと眠りに落ちていった。

＊

夜になっても仙人は閻羅城へ戻ってこなかった。

昼間、宰相代理が自分の屋敷へ泊めたと言っていた。ねぐらの山へ行ったその足で、また屋敷へ行ったのだろう。

空腹に耐えきれず、いっそ喰ってやろうかと思ったが、あの屋敷には前王から賜《たまわ》ったという鷹がいる。

昼間のあの鷹がそうなのだろう。魔物をも恐れぬあの気性の荒さと、その爪の鋭いさまを思い出すと到底屋敷には近づけない。

山で鷹とやりあったせいで、ただでさえ飢餓感が凄《すさ》まじいのに余計な力を使ってしまった。

早く仙人を喰いたい。王を喰らいたい。

閻羅城の最も上等な寝床の上で、妖猫は涎をすすり奥歯をギリギリと噛み締めた。

＊

朝早く、城からの使いが繚家の屋敷を訪れ、蓮可に登城するようにと王からの勅令が伝えられた。

蔵寵の様子も気になったが、ずっと城に戻らないのも不自然なので仕方がない。仮に妖猫が化けた偽りの王だとしても、外見上は王であり、その真実を殆どの人が知らない。

毅焔と俐心の兄弟と深く関わらなければ、けっして知ることもなかった事実を胸に登城するのは恐ろしいが、妖猫は蓮可が自分の正体に気付いているとは知らないから、気取られぬようにするためにも拒絶するわけにはいかなかった。

朝食もそこそこに着替えを済ませ、蓮可は繚家が用意してくれた馬車に乗り込んだ。

毅焔と俐心も一緒に乗り込むと、車内は少しだけ張り詰めた空気になる。

「蓮可、いつも通りで。下手に緊張した顔をすると気取られますからね」

「はい」

俐心のアドバイスに蓮可は小刻みに頷いたが、かえって意識してしまいそうだ。

「俺がついている。蓮可が少しでも緊張した顔を見せたら、俺が咳払いをしてやろう」

「それでは毅焔さんが煩いと王に叱られそうです。とにかく平常心で努力はします」

閣羅城へ着き、久方振りに謁見の間へ通されると、王は玉座にいた。

その姿は以前とは違い酷く苛立った様子で、先にいた士官たちが不安げな顔をしているほどだ。

鮮やかな彫刻を施された玉座の肘置きに爪を立てる、ギチギチ、ギリギリという音が静かな広間に響き、その場に緊張感を与える。

顔色も土気色で、目をぎょろつかせ、明らかに異様な風貌だった。

「これは……」

蓮可の背後で俐心がぽつりと呟いた。

一礼し、士官の列に並ぶ。

毅焔が蓮可の側にいてくれたのは心強かった。しかしその彼からも警戒心が伝わってくる。

今日の王はあきらかにおかしい。——謁見の間に集まる者たちは皆、同様に感じているだろう。

蓮可も普段通りを心がけていたつもりが、自然と顔が引きつり、背筋を強張らせていた。

「仙人よ、候補は決まったか」

その声は腹から絞り出すような、いたく苦しげな響きだった。

以前は温厚な老人のようだったのに、この数日の間に一体なにがあったのだろうか。蓮可は恐怖のあまり小さく固唾《かたず》を呑《の》む。

「それが……まだ」

玉座のすぐそばには三人の候補者たちが並んでいたが、彼らの目にも王の不気味さがわかるのだろう。心なしか引き気味で、隙あらば遠ざかりたいと言わんばかりの様子だ。

「まだ――とは。彼らの何が不足か」

「いえっ……、……そういうわけでは……」

身の竦むような威圧に圧倒され、怖《お》じ気《け》づいた蓮可はおもわず口籠もってしまった。

候補を決めるどころか、蓮可の頭の中は毅焰のことでいっぱいで、今はそれどころではない。

「どうした、なぜ決めない」

決められないのは蓮可の都合で、王は相当業を煮やしているのは明白だ。咄嗟に頭を廻らせて言い訳を考える。

「それは、お三方ともに素晴らしいので、どなたか一人に絞れないのです。とても悩んでいます」

「悩んでいるわりには、山遊びだの都遊びだのをしていたようだが」

搾りだす王の声に怒りが滲んでいた。こちらの行動は逐一王の耳に入っていたようで、適当な言い訳もできない。

「それは……人界でしか採れない薬草が欲しかったからです。闇領へ訪れた目的がそれなのですから、本来の務めを果たしているだけのこと。お三方は大切なご身分ですから、僕の都合で山にまで同行をお願いするわけには参りません。結果的に将軍を連れ回してしまいました」

申し訳ありません。と、頭を下げると、俐心が小さく安堵した様子が見えた。

「将軍……」

王の視線が蓮可の隣へと移動した。

途端、毅焔の凜々しい横顔にうっすらと緊張が滲む。

「そなたの屋敷はいつから宿屋になったのだ」

「申し訳ありません。蓮可殿の仙気に惹かれ魔物が寄ってくるようで、お守りするには当家へお連れするのが得策と判断したのです」

「――魔物が。魔物が出たのか」

王が身を乗り出した直後、老いたその躰が一瞬ぶわりと膨らみ、萎《しぼ》んでいった。

最早人としての形が保てなくなってきているのだろうか。何も知らない士官たちも、何を見たのかと怪訝そうな顔をして、互いにひそひそと声を潜めている。

「はいっ、街中でも、山の中でも。毅焔将軍が魔物から身を挺して守ってくださったのです」

蓮可が言うと、「ほう」と王は血走った目を細めた。

「街中でも、山の中でもとな。それは一大事ではないか」

士官たちの囁《ささや》く声で、広間がざわざわとしはじめた。

不穏な空気に蓮可たちの表情も険しい。

「将軍。その山とは、貴宝山のことか」

昨日現れた妖猫が偽りの王の正体だとすれば、当然知っていることだろうに。

毅焔は「はい」と大きく頷いた。

「なんと。神聖な山に魔物とは不吉なことだ。将軍、一刻も早く魔物の討伐をせねばならんぞ。神聖なる山に巣くう魔物を直ちに討伐せよ。兵を挙げて都を守れ」

「――御意」

「えっ、あの、王様っ」

「蓮可」

咄嗟に前に出たところで毅焔に窘められて、はっとした。

偽りの王に何を訴えたところで取り合ってくれるはずもない。しかしこのままでは、邪気が満ちる山へ大勢の兵が行くことになる。そこに魔物はおらず、無駄足は確実だ。

そんなことを、なぜ王は命じたのだろうか……。

「何も言うな。王の命令だ」

「ですが……」

せめて毅焔に同行させて欲しいと願ったが、共にあの山へ行ったところで再び体調を崩すだけ。一層足手まといになってしまう事実に、蓮可は歯嚙みした。

蓮可には王の意図が読めない。

不安になる蓮可に、毅焔は黙ったままだ。

王の前では迂闊なことを言えないからだろう。彼のその表情は更に険しく、うっすらと苛立ちを滲ませている。蓮可も憤っていた。

「仙人よ。時間はない。誰が王に相応しいか、今宵城でじっくりと考えるがよい。——明日、その答えを聞こう」

「……は、はい」

それはつまり、猶予は明日までということだと、蓮可はすぐさま理解した。

しかも今夜は城から出るなと、そう言っているのだろう。

「良いお返事ができればいいのですが……」

今夜は魔物がいるこの城で一夜を明かさなくてはならないのか。

昨夜の温かな夜が酷く恋しくて、心細さに蓮可は小さく震えた。

謁見の間を出てすぐ、蓮可は共に広間を後にした毅焔の腕を掴んだ。

「やっぱり僕も貴宝山へ行きます。お供させてください」

「駄目だ。また具合が悪くなっては、今度こそ対応できなくなるやもしれん」

「ですが……」

離れ離れになることも恐ろしいし、山で毅焔の身に何かあってはと思うと心配でならない。

それに城に一人でいることも怖くて、蓮可は身の置き場がなくなっている。

「僕……怖くて……」

仙界ではいつも師や兄弟子たちがいて、恐ろしいことなど何一つなかった。

ここへ来てからも、毅焔や俐心がいてくれたから、たとえ魔物が王に化けていると知っても心を強く持っていられたのだ。それが今夜は離れ離れになってしまうと思うと、腹の底から冷たい恐怖がじわじわと這《は》い上がってきて、蓮可を心細くさせていく。

思わず零れた本音に、毅焔は少し困った様子で溜め息を零した。

「蓮可、俺は王に仕える身。王の命令には逆らえんが、お前とて放っておいたりはしない。約束する」

「……でも」

毅焔はこれから貴宝山へ行ってしまうというのに。

昨夜は年上だと偉ぶったくせに、弱気なことを言いかけて蓮可は唇を噛み締めた。

「今宵は俐心を城に泊まらせよう。腕は立たないがな」

励ましのつもりか、毅焔は冗談めかしてそう言うと、蓮可の痩せた肩を軽く叩いた。

*

朝、王の命令が下り、昼には準備を整えた毅焔将軍率いる兵団が魔物退治に貴宝山へと出発した。

蓮可は俐心と共に城門で彼らを見送った。

出発の間際、「すぐに戻る」と毅焔は言い残して行ったが、果たして本当だろうか。

人の武器では魔物にトドメを刺せないという。もし山の中で妖猫が襲ってきたら、太刀打ちできるのだろうか。

「蔵龍は怪我をしていて連れていけませんでしたし。魔物が毅焔さんを襲いでもしたらと思うと心配です……」

徐々に遠ざかっていく兵士の一団を見送りながら蓮可が肩を落とすと、俐心も心配なのだろう。

「ああ…」と暗い声で頷いた。

「それよりも、目下心配なのは、蓮可、君です。今夜は館の警備兵の数を増やそう。私も花祥館に泊まらせてもらうから、夜は一緒ですよ」

「ありがとうございます」

有り難い提案だが、毅焔が城にいない事実は変わらず、不安は癒えないままだ。

今日は無事に一夜を明かすことができるのだろうか。

毅焔がいてくれたら大丈夫だと思えることが今日はどうにも怖くて、蓮可はたまらなかった。

二日ぶりに城内で過ごした蓮可は、日暮れまで三候補の自慢話の茶会に付き合わされ、そのまま夕食まで巻き込まれてしまった。

俐心が始終側にいてくれたが、あくまでもサポート役で助け船を出してくれるわけではない。

三人のうち誰かが明日は王になるのだと、やけに張り切る候補者たちはどんどん酒が入り賑やかになっていく。流石に耐えかねて蓮可は酒宴を後にした。

城内に建てられた来客用の館も二日ぶりだ。

朱色の美しい壁に花が咲き乱れる庭が夜でも鮮やかで、誰が灯《とも》してくれているのか、館を囲むように点々とぼんぼりが光って綺麗だった。

俗物根性に胸焼けがする宴から離れると、城は静かなものだった。

ただやはり邪気がうっすら漂っているように感じられる。繚家の屋敷の空気が清浄だったぶん、余計にそう思えるのだろう。貴宝山ほどでないが微かな息苦しさがある。

「蓮可。おなかは空いていませんか？　先の宴ではあまり食べていないようでしたから」

俐心と二人で館へ入ると、兵士たちが外で警護についてくれた。

彼の手には蒸し菓子の皿が一つ。宴の席から取ってきたのだろう。山盛りの皿を二人の寝床の枕元に置くと、俐心は蓮可のために寝間着を準備して、自らも着替えた。

彼は毅焔から痣のことを聞いているのだろうか。

寝間着を持ったままもじもじしていると、「ああ、すみません」と気を利かせて、暫し別室へ移動してくれた。

毅焔が大層褒めてくれた痣だが、まだ他人に見せるのは躊躇いがあった。

俐心が部屋を出てすぐ、蓮可は寝間着に着替えた。声を掛けると、俐心は戻り寝床に寝転ぶ。

「今夜は眠らせませんよ。いっぱいお話ししましょう」

城の中ではいつ妖猫が襲ってくるともわからないのに、俐心はにこにことして枕を抱き締める。

「大丈夫なのですか？　今は毅焔さんもいらっしゃらないのに、そんな暢気に……。僕はずっと恐怖が消えません。館の外でもたくさんの人に警備して貰っていますが……でも……怖くて」

「勿論怖いですとも。私とて城なぞに泊まりたくはありませんが、こうなってしまった以上は腹を括《くく》るしかありませんものね。蒸し菓子は美味しいですよ。中にクルミ餡《あん》が入っています」

どうぞ、と手渡されて、蓮可は一口囓《かじ》った。

確かに甘い。甘くて、ほんのり感じる塩味が美味しい。

「久し振りにちゃんとしたものを食べた気がします。それほど気疲れしていたのでしょうか」

「あのお三方相手ではね。私が王ならば、一番に都から追い出している連中ですよ。なにせ私利私欲の権化ですから。息を吐くたび自慢話が出てくる」

「……わかります」

くすっと笑った蓮可に、俐心も肩を震わせた。

「それでも、あのお三方の中から決めなくてはならないのでしょうか……」

都の政を執り行う宰相の代理である俐心でさえ呆れてしまうような人たちの中から王を決めるなど、そんなことあってはいけないような気がする。

「僕は御師様こそが選ぶべきと言ったんです。ですが、御師様はなぜか僕が選べと。それを一つの課題にすると仰ったんです」

「大変なお役目ですね。それで、どうするつもりです？」

　俐心は言った。

「やはりあのお三方の中から決めてはいけないと思います」

　蓮可は漸く本音を零した。

「そうしてもらえると、大勢の下臣が喜びますね。無論、私も。——それで、蓮可はもう胸の内に決めている人がいるのですね」

「——僕は、その……」

「兄上ですか？」

「うっ、あっ、——……はい」

　言っていいのか迷っているところに、ずばりと当てられてしまい、蓮可は焦った。

「ははは！　まあ、兄上の人柄を知れば、自然とそうなるでしょう。兄上がどう言うかはわかりませんが、私は反対はしませんよ。頑固な所がありますが」

「僕は、お二人が力を合わせてこの都を治めてくれるのが一番いいと思ってます。そのほうが僕もほっとするというか、選んだあとでこのお二人なら大丈夫と確信が持てる気がします」

「それは身に余る御言葉ですね。自分で言うのもなんですが、あのお三方よりは何倍も何十倍もマシだと思いますよ」

「……お三方には申し訳ないですが、……僕もそう思います」

あまり悪口は言いたくないが、ここ数日彼らと同行してみて否応なしにそう感じるのだから仕方がない。そしてずっと胸にあった思いを言葉にしてみて、やはり次期王には毅焔が相応しいように思う。俐心の助力も必須だ。

「ですが、それを言えば王は怒るような気がします。彼らは王のお眼鏡に適《かな》った方たちですよね。そんな彼らを差し置いて、僕が毅焔さんを相応しいと言ったら、王は毅焔さんに恐ろしいことをしてしまわないでしょうか……それが心配で……」

俐心は何も言わず「うん…」と小さく頷いて、目を伏せた。

「実際、昼間のあの姿を見れば迂闊なことは言えないでしょう」

「でも、明日になったら僕は王に伝えなくてはなりません。……あの三人では到底……考えると、とても気が重いです。師から託されてしまった以上、僕が選んでしまったら、その人は王気を身に付けるでしょう。魔物に食べられるためだけに選ぶのは恐ろしいです」

「そうですね。……やれやれ、巧《うま》くいかないものですねぇ」

俐心は吐息を零し、少しの間遠くを見た。

「悩んでも仕方がありません。寝ましょう！」

「え…？」

「夜に考えて良いことなど何もありませんよ。暗い気持ちになる一方です。しかもここは城の中だ。

気鬱になるのは当然です。なので寝ましょう。それが一番です」

「はあ……」

気の抜けた返事のあと、蓮可はくすりと笑った。

先程までは徹夜する気満々だったのが、急に寝ることになってしまった。

「俐心さんなら、きっと何か凄い案を出してくれるかと思っていました」

「まさか！　宰相なんて単なる事務仕事。策士でもなんでもありませんよ。——さあ、明かりを消しますよ。怖くなったら私の寝床へどうぞ」

「僕は子供じゃありません。外見こそ年下のようですが、僕は毅焔さんよりも年上なんですからね。仙界では成長が遅いんです」

毅焔といい、俐心といい、すぐ過保護なことを言うから、蓮可がむくれると「ほう」と感心したような声が返ってきた。

「ということは、兄上も同じようなことをしたのですね。ははは！」

愉しげに笑って、俐心が灯籠《とうろう》の火を吹き消した。

部屋は薄暗くなったが、外で灯る明かりがほんのりと窓を照らしてくれる。その優しい明かりに魔物が来るかもしれないという恐怖が少しだけ和らいだ気がした。

（御師様）と、蓮可は心の中で声を掛けてみたが、師からの返事は今宵もなかった。

こちらが声を掛けていることに気が付いていて、あえて黙っているのだとしたら、師は蓮可が一向に答えを出そうとしないことに呆れているのかもしれない。

王として相応しい者は誰か。

そして、蓮可はこの先、仙界で暮らすか、それとも人界に残るのか。

どちらにしても大きな選択だ。

せめておつかいの薬草は届けたいと思っていたが、貴宝山に満ちる邪気のせいで、あと一つを見付けることができなかった。

（御師様、僕はすべてに宙ぶらりんです。だから御師様は呆れて、何も言われないのですか？）

その問いかけにも師は黙ったまま。

蓮可はしょんぼりしながら顔半分まで布団を引き上げて、目蓋を閉じた。

繚家の屋敷では、すぐにも心地よい眠りが訪れたが、今宵はなんだか少し緊張しているのか、なかなか寝付けない。

それでも日中の気疲れのせいで、蓮可はいつの間にか眠りに落ちていった。


――躰が飛び上がるほどの轟音《ごうおん》がして、驚きで目を覚ました蓮可は布団を抱き締めながら、寝床の上で身を強張らせた。

「蓮可！　外へ逃げてくださいッ」

俐心の声を掻き消すように、獣が咆哮する。

「妖猫…ッ」

眠る前まで外には灯籠が光っていたのに、今は一つの明かりもなく、視界は真っ暗だ。

そのせいで方々から音はすれども何も見えず、蓮可は俐心の声と妖猫の殺気を帯びた鳴き声にただおののくばかりで動けない。

「蓮可ッ」

俐心が叫ぶ。

ダーン！　と、轟音がした。

何かが倒されたのか突き破られたのか、それすら確かめることもできず、蓮可は「ひっ」と小さな悲鳴を上げるだけだ。

大勢の足音がして怒声が重なる。館を守っていた兵士たちだろう。

彼らが魔物と対峙しているのか、暗がりの中で獣の苛立つ叫び声と人の怒号が混ざり合う。

あっちへ逃げた！

違う、こっちだ！

上に逃げられた！

追え！　追え――――！

館のあちらこちらから声がする。

蓮可は声のするほうへ次々と視線を動かしながら、寝床の上で小さく固まっている。

ガツッ、ガツッ——と、何か鋭く硬いものが当たる音が近づいてきた。

兵士の足音とは、あきらかに違う何か。

はあ、はあ、という荒い呼吸音がして、時折呻き声がする。

「ま、魔物…っ」

兵士たちはまるで見当違いな所を探しているようだ。

いない！　どこだ！　と、叫ぶ声を聞きながら、蓮可はか細い悲鳴を上げて後ずさり、逃げようと動いたが腰が抜けてしまったらしく動けない。

そうと知ってか、床を叩く爪音が近づいてきた。

恐ろしくて助けを呼ぶ声さえ出せない。震えながら、じわじわと後ずさる蓮可の背中に壁か何かが当たって、逃げ場を断たれた。

「ふっ……！」

もう駄目だ。

ギャン！　と獣が啼《な》いて、力強い足音が蓮可の耳に響いた。蓮可はぎゅっと目蓋を強く閉じる。

「蓮可！」と毅焔の叫ぶ声がして、龕灯《がんどう》の明かりが部屋を照らした。

「毅焔さん！」

明かりを持った兵士とともに、鎧《よろい》を纏う毅焔の姿があった。

「ああ、無事だな。間に合って良かった」

「毅焔さん……！」

大きな安堵感にたまらず蓮可が毅焔を抱き締めると、逞しい腕が抱き返してくれる。

広い胸に細い蓮可の躰がすっぽりと収まった。いつもなら子供扱いするなとむくれるところだが、今はいい。

怖くて怖くてたまらなかったぶんだけ、たくさん甘やかしてほしい。

「奴め、最早姿が保てず、元の魔物の姿に戻ったようだ。おかげで城の中はぐちゃぐちゃだ。随分暴れてくれた」

「そんな……」

そうと気付かず、蓮可は大きな音がするまで暢気に眠っていたようだ。

「でも、毅焔さん、なぜここに!?」

「王は、貴宝山に巣くう魔物を討伐せよ、都を守れ。――と命令しただろう。それを実行しているまでだ。俺は魔物の正体を知っているからな」

「夜になるまで、ずっと隠れていたのですか？　僕はてっきり山へ行ったものだとばかり」

「どこで魔物が聞いているかわからんだろう。俐心には蓮可を守るよう命じておいた」

「だから……」

いつ魔物が出るともわからない城で、わざわざ一緒に寝てくれるなんて有り難いと思っていたのだ。

「あのっ、俐心さんは」

辺りは家具や調度品が散乱して、布団は引き千切られている。目覚めてすぐ彼の声がしたが、無事だろうか。

「俐心なら大丈夫だ。あれが動いたところで怪我をするだけだからな。外へ逃がした」

「ああ、それは良かったです」

「すまん。お前も一緒に逃がしたかったのだが、妖猫に邪魔をされてしまった。ちょこまかと忙《せわ》しない魔物め。今夜こそ捕まえてやる」

毅焔が剣を構えると、妖猫は咆哮して踵を返した。

暗がりに溶け込んでしまいそうな漆黒の躰は邪気を撒《ま》き散らしながら、黒い軌道を描いて館の外へ飛び出した。

兵士でも調度品でも容赦なく体当たりされて、美しかった館の内部はぐちゃぐちゃだ。

「外へ出た。蓮可はここにいろ」

「いえっ、僕も行きます」

「妖猫の目的はお前だ。あれは餓えが限界にきて、我慢ができなくなっている」

「だとしてもです。一人でじっと騒動が収まるのを待つなんてできません」

二人がそう言っている間に、どっと背後の壁を突き破り、妖猫が再び飛び込んできた。

咄嗟に毅焔が蓮可を庇い、そのまま抱きかかえながら館の外へ飛び出す。

「兄上！　蓮可！」

俐心が兵士たちの向こうから叫ぶ。

彼が無事だと確認できて蓮可は安堵した。

満開の芍薬が咲く庭で、兵士たちが妖猫をぐるりと取り囲む。追い詰められているはずが、金色の目をギラギラと光らせる魔物の視線は蓮可に釘付けだ。

大きく裂けた口からはだらだらと涎が垂れて、酷く息を乱し、今にも喰いかからんとしている。その様子に圧倒され、怖じ気づいた蓮可はたまらず半歩後退する。

その瞬間、穢れた獣は力強く地を蹴り、高く飛び上がる。

毅焔が剣を構えて対峙したが、妖猫の力は凄まじく、鍛えられた躰がいとも容易《たやす》く吹き飛んだ。他の兵士たちも果敢に剣を振るうが、全身から噴き上がる邪気にやられてしまい、ばたばたと倒れていく。

魔物は剣も矢も通じない。追い払うことはできても、討伐することはできないのだ。それでも兵士たちは必死に立ち向かう。

「――っ」

師がいつか渡すと言い残した『術』がここにあれば。

蓮可は歯噛みした。

蓮可ではなく、師こそがここにいるべきなのに。何もできず、蓮可はただ脅える。

漸く邪魔する者がいなくなり、魔物は清々したようにゆっくりと蓮可の前に近づいてきた。

ぎゅうぎゅうと微かに聞こえるのは腹の虫か。

よく見れば邪気を纏う魔物の躰は痩せ細っているようだ。毅焔は限界だと言っていたが、蓮可の目にも確かにそう見えた。

だからこそ蓮可を喰らわないと生きながらえることができないのだろう。切実さは十分わかるのだが、しかし我が身を差し出せるかといえば話は別だ。

蓮可は青ざめながら、ぶるぶると震えて涙目になった。

魔物が一歩、また一歩と近づいてきて、手の届く距離まできた。

いつ飛びかかられてもおかしくはない距離だ。蓮可が小さな悲鳴を上げると、妖猫はすうと目を細める。

「え……あ……」

蓮可は狼狽《うろた》えた。

妖猫は心なしかぐるぐると喉を鳴らしているような音がする。

——もしやこれは、蓮可の持つ能力の一つ、動物を懐かせる力の影響だろうか？

まさか魔物にまで効くとは。

そういえば、王と初めて対面したときに、愛想が良かったのもそのせいなのか。漸くそのことに気が付いて、酷く納得してしまった。

「捕縛だ！」

その隙に毅焔が叫び、妖猫に飛びかかった。

兵士たちもそれに続きもみくちゃになる。妖猫は大勢の兵士たちに押さえつけられる間、激しく抵抗したがそれも徐々に弱まっていき、心なしか躰まで小さくなっていった。

やがて抵抗すらできなくなってしまった妖猫は、老いた三毛猫になってしまった。

「これが妖猫の正体……？」

流石に縄で縛るわけにもいかず、首輪代わりに縄をつけると、妖猫は観念したのか肩を落とし、その場で深く項垂れた。

「……力を無くしてしまったんでしょうか」

捕り物騒ぎが漸く落ち着いて安堵した蓮可は、三毛猫を前にして渋面を描く毅焔におそるおそる尋ねた。

「蓮可を喰い損ねたからな。力が尽きるギリギリのところだったのだろう。だからこそ、王が決まるのを待てずに、蓮可を襲いにきたのだな」

昨日の謁見の間でも魔物は余裕がない様子だったが、まさに限界が近かったのか。

「しかし驚いたな、まさか魔物まで手懐けてしまうとは、仙人の力とは素晴らしい。蓮可がついに喰われてしまうかと青ざめていたというのに」

「僕はただの見習いです。でも僕も正直驚きました。動物はともかく、魔物にも力を使えるだなんて自分でも知りませんでしたから」

「だがなによりだ」

毅焔は安堵した様子で笑ったが、蓮可は老猫を前に未だに信じられない気持ちだった。

「でもこんな三毛猫があの魔物だったなんて……」

「将軍」

兵士たちが勝利に酔う間もなく壊れた館や庭の片付けをはじめた最中、老兵士が毅焔に声かけた。

「どうした」

「私はこの老猫に見覚えがございます」

その言葉に周りの兵士たちが動きを止めて、皆が老兵士と毅焔を一斉に見た。

「話してみよ」

毅焔が言うと、老兵士は頷いた。

「この渦巻きのような独特な背中の紋様、おそらく先代王の妹君が大切に飼っていた猫に違いありません」

「先代王の妹君とな。大飢饉の折、自ら贄《にえ》として祈りを捧げたお方か……」

「贄、とは？　それはどういう意味なのですか？」

「うむ」

蓮可の問いかけに対し、毅焔の表情はあまりよくなかった。

「大飢饉や干ばつ、疫病など、都が危機に瀕したとき、王族は自らを贄とするしきたりがあるのだ。貴宝山へ籠もり、その命が尽きるまで祈りを捧げるのだ」

「そんな……」

「王族の中でも、都の大事によって王の近しい者が選ばれる。当時の大飢饉は相当なものだったと聞く。だからこそ妹君が贄に選ばれたのだろう」

「左様で」と、老兵士は頷いた。

「その際、先代王は山へ籠もる妹君が寂しくないようにと、可愛がっていた猫を連れて行くことを許されたのです。それがこの三毛猫にございます」

縛られた三毛猫はじっと蹲《うずくま》ったきり動かない。微かに耳がヒクヒクと動いているところを見ると、人の言葉がわかるのだろうか。

蓮可はそっと膝を突き、痩せた猫の背中を撫でてやった。

三毛猫はぐるぐると喉を鳴らしている。

喜んでいるようだ。蓮可が微笑むと、三毛猫は目を細めて手の平に頭を預けてきた。

「山は心細くて、怖かったのでしょう」

蓮可は言った。

「必死に生きようとした執念が、この子を魔物へと変えてしまったのかもしれませんね。愛する主を失った悲しみと、彼女を死に追いやった王族への恨みもあったかもしれない」

「経緯には同情しますが、それで王族の血が何十年も前に絶えてしまったことは看過できません。そのせいで都も荒れている」

合流した俐心が眉を顰《ひそ》めた。

事情を知っている兵士たちまでもが険しい顔だ。蓮可も何も言うことができず、そっと俯いた。

「いいや。王族の血は途絶えていない」

断言した毅焔に、蓮可は顔を上げた。

周囲の皆々も驚いた顔をして、急に場がざわつきだす。

毅焔の表情は確信に満ちていた。

「知っている者もいるだろう。我が父の話を。仙人から託された言葉を」

兵士たちの中には心当たりのある者がいるのか、数人が何か気付いた顔をした。しかし蓮可だけは話がわからずに小首を傾げると、俐心が微笑んだ。

「この国で疫病が流行《はや》ったときに、王は我が子を贄にしたのです。私たちの父は王子を贄として山へ置いてくる役目を仰せつかりました」

「……王子を……それは、なんという残酷な役目でしょう」

「ああ。だから父は大いに悔いていた。すると後日、父の元へ仙人が現れて、王子は無事だと言い残したのだ」

俐心の後に毅焔が続いて、蓮可は小さく驚いた。

「御師様がそんなことを……初耳です」

「そうか」

「御師様は王子を保護されたのでしょうか」

「仙人は、王子が巣立つ時まで仙界で育てようと約束した。そして、一目で王子とわかるよう印を付けたと言った」

毅焔は言った。

「印……？　それは一体……？」

「父もそう尋ねた。印がわからなければ、王子と気付けないからな。仙人はその印を魔物に知られてはならないとも言った」

では、どうすれば王子とわかるのか。蓮可は首を捻《ひね》るばかりだ。

「仙人は、いずれ父の子にも同じ印が現れるだろう――と、言い残していったのですよ」

「ああ。そうだ。この俺にな」

俐心の言葉に頷くと、毅焔は鎧の胸当てを外し、着物の前を緩めてみせた。

「……あ…」

よく鍛えられた彼の左の胸には真っ赤な蓮の花の痣がある。満開の、蓮の花だ。

「それは……」

見慣れすぎたその花の形に、言葉を失う。

「俺は幼い頃から都を出され諸国を廻ってきた。魔物を退治するためもあるが、本当はこの痣を魔物に知られないためだったのだ。そしていつか同じ痣を持つ王子との出会いを愉しみにしてきた。――蓮可」

　毅焔が着物を直し、蓮可の前に膝を突いた。

　この場にいた者たちが一斉に従い、頭を下げる。

「……え……？」

　蓮可は小さく狼狽えたが、毅焔の眼差しは優しかった。

「あなたが最後の王族。――次の王だ」

「そっ……そんなわけがありませんっ、だ、だってそんな大事な話、一度も御師様の口から聞いていませんし……！」


「言ってないからな」


　背後から聞こえた聞き覚えのある声に、蓮可の躰がビクッと跳ねた。

　振り返ると、艶やかな長い白髪をもつ三十代ほどの男性が立っている。

　民から崇められる蓮可の師、甚神仙人だ。

「御師様っ、いつの間に！」

「時が来たから訪れたのだ」

兵士たちがどよめき、毅焔も俐心も絶句した様子で硬直している。

「あのっ、こちらが僕の御師様ですっ。御師様、こちらは」

「わかっている。落ち着け、蓮可」

焦りながら紹介をする蓮可を、師は赤い目を細め苦笑しながら宥めた。

「毅焔、よくぞ今まで魔物から印を隠し通した。俐心、そなたもよく父と兄を支えた」

「あ…」

どちらともなく声を洩らし、二人は笑い合った。

「既に気付いているだろうが、伝えたとおり、この子が『術』だ」

「え!? 僕が…?」

また驚かされる。

目をきょろきょろさせる蓮可に、毅焔も俐心も察していたのか特に驚く様子もない。

「魔物を手懐ける術――それが蓮可自身だったということですか、甚神仙人よ」

毅焔の問いに、師は頷いた。

「その術は私も持たぬ、蓮可だけのものだ。王族最後の王子である蓮可が魔物を手懐ける。これは当然の流れだ」

当然と師に言われても、蓮可にはどう受け止めていいものかわからない。

皆は酷く納得しているようだが、次の王だとか、術だとか、新たな課題や問題を突きつけられたような心地がして、蓮可はその重圧に何も言えなくなってしまう。

正直なところ、もっと小出しにしてくれていたら、それなりに理解や納得ができただろうに。渦中にいるのに、蚊帳《かや》の外。そんな感じがして、とにかく居心地が悪い。

「困っているようだな、蓮可」

師は言った。にやにやしながら。

「……御師様は、僕が酷く困ることをお見通しなのでしょう。意地悪ですよ」

「お前の人生の大事な分岐点だ。悩むことも困ることも当然。――さあ、お前はどうするのかね？私の元で修行を続けるか、このまま人界に留《とど》まり人として生きていくか。どちらに決める？」

「……、……」

その問いに、蓮可はまだ答えを出せていなかった。

はじめは仙界へ帰るつもりではあった。

――あったが……。

心が、まだ少しだけここに留まりたいような、そんな未練を疼かせている。

いざ選択の時になった途端、毅焔のことばかりが気になって、「帰る」と即答できない自分に、蓮可は激しく戸惑った。

「蓮可」

師が急かす。

「……はい。僕は……」

仙界へ帰るか、それとも残るか。

周囲を見なくても皆の視線が蓮可に集中しているのがわかる。

「……僕は、仙界で修行を続けます」

はあ、……と、誰かの吐息が聞こえた。

毅焰だろうか、と溜め息の音の主を確かめることができず、蓮可はぎゅっと拳を握り締めた。

「……仙界で長く暮らしてきて、今更人の世界で暮らせる自信がありません。ましてや次の王だなんて僕には無理です。それに血筋に固執していては城の人たちや都の民を苦しめることになるでしょう。世襲制はここで廃するべきです」

蓮可はゆっくりと、気持ちを落ち着かせながら言った。

「新たな王は毅焰将軍がいいと思います。俐心さんの助けがあればきっと素晴らしい王になると思います」

「なるほど」

と、師は言った。

「お前はそう答えを出したのだな」

「…………はい」

なぜだか蓮可は胸が苦しくて、毅焔を見ることができなかった。

漸く彼が王に相応しいと告げられたのに、胸を張るどころか何かに押し潰されそうで暗い気持ちになっている。その理由はなんなのか、原因はなんなのか、蓮可には何もわからないまま、ぎゅっと唇を噛んだ。

「――駄目だな」

ふいに、師は呆れたように言った。

「その返事には大きな迷いがある。それは後々後悔する迷いだ」

「……千里眼で視たのですか？」

「そんなもの、わざわざ視なくともわかる。私を誰だと思っている」

「はあ……御師様は御師様です」

気まぐれで、天邪鬼で、そのくせ道理の立つ、唯一無二の仙人だ。

「お前が今思った前半部分は聞かなかったことにしてやろう。――まあ、ここに残って少し考えるといい。人生の分岐点だ。大いに悩め。お前の中にある心残りが吹っ切れるか、それともここに留まるのか、その答えを私ものんびりと待とうではないか」

「御師様、ありがとうございます。……蔵寵――毅焔さんの飼っている鷹の傷がまだ癒えていないのです。私を守ってくれた鷹です。治る姿を見届けたいと願っていました」

「それはいい心がけだ」

師は言った。

「それに薬草もあと一種、まだ見付けられていませんし」

「あれは気にするな。帰りに私が採ってくるよ。なに、生えている場所ならば知っている」

「えっ」と小さく驚いた蓮可の前で、師は三毛猫を抱き上げた。

「この猫は預かろう。城を根城にしているこれの仲間たちもな。二度と悪さはさせんから、安心するといい」

「それはありがたい！」

毅焔も俐心も、大勢の兵士たちも目を輝かせた。

「だが王は早めに決めなさい。王気は都を守る城壁だ。それがなければまた、魔物は入ってくるぞ」

「王は、御師様が決めるのでは？」

「私は蓮可に託したはずだ。お前が決めるんだ、蓮可」

「そっ、そんな……」

「ではな。励めよ、蓮可」

そう言うと、天上から風が巻き起こり、白色の瑞鳥が現れて甲高く一鳴きした。

「あっ……！」

師は踊るようにふわりと瑞鳥の背に跨《また》がり、蓮可にひらひらと手を振ってみせた。一方蓮可はぽっかりと口を開けながら、月夜に遠ざかる白い巨鳥の揺れる尾を見つめるのだった。

「……行ってしまわれた」

毅焔が少し気の抜けたように言い、蓮可に並んだ。

「はい……まるで散歩の途中でふらりと立ち寄ったかのような、随分と気楽なご様子でしたね」

「うむ。弟子の蓮可にもそう見えるのなら、きっとそうなのだろうな」

あっという間に師の姿が見えなくなった星空を眺めて、二人は小さく笑い合った。

蓮可と毅焔が破顔すると、自然と兵士たちの間からも笑い声がして、次第に賑やかなものへと変わっていった。

*

明けて翌日からは城の修繕がはじまった。

王に化けていた妖猫が大暴れして、花祥館どころか、城内は酷い有様だ。

怪我人も多くいて、朝から医者が大勢呼ばれ、一方で片付けに奔走する兵士や士官、そして修繕をする大工が大勢城へ入ってきた。

そのすべてを統括して指示するのが俐心で、毅焔は力仕事を率先してやりながら兵士たちの指示をした。

一方蓮可はといえば、「仙人」の肩書きから「次期王」という肩書きに変わってしまい、皆に気を遣われていた。

蓮可としては今まで通りに接してほしいのだが、無傷だった謁見の間で食べきれない量の菓子と茶を前に、ただ座っているだけだ。

玉座を薦められたが、流石にそれは気が引けて断った。

代わりに螺鈿《らでん》の豪奢な椅子《いす》を用意され、菓子を前に扉の向こうから微かに聞こえる金槌《かなづち》を振るう音を聞いている。

そしてなぜかあの三候補が同席していて、蓮可が何も言わなくても次から次へとおべっかが飛んできた。褒め殺しなのか、退屈殺しなのかわからない。

心残りがあって人界へ残ったが、今のところ何も変わらない。

傷ついた蔵寵も心配だが、城で寝泊まりすることになったらどうしようか。蓮可はそれが心配だ。

溜め息を吐くと、扉が開いて毅焔が現れた。

「毅焔さん」

「蓮可、こんな所に押し込められて退屈だろう。花壇が荒れているのだ、一緒に直しに行くか？」

「貴様何を言う！　王が庭いじりなどもってのほか！」

「正気か将軍！」

三貴族が唾を飛ばして怒る。

「ですが、酷く退屈されております」

叱責されても、毅焔は涼しい顔だ。

「待て！」と止めにかかった貴族たちを放って、蓮可は勢いよく立ち上がった。

「行きます！　これでも僕、土いじりは得意なんです」

「よし、決まりだ。——お三方、広間の外では、皆気持ちの良い汗を流しておりますぞ。貴族も士官も平民も。皆、この城と都を愛しているのでしょうな」

「僕も好きです！　だからご一緒します！」

「うむ」と、差し出された毅焔の手は、作業のせいで土と埃《ほこり》で汚れていた。

蓮可は笑顔で強く握り返すと、三人を置いて謁見の間を出た。

「ありがとうございます、毅焔さん。ずっと退屈していて、ほとほと困り果てていたんです」

「あの三人が相手だ。当然だろうな」

回廊を歩きながら毅焔が笑う。

長年背負ってきたものから解放されて、彼の笑顔は一層輝きを増したようだ。

蓮可の目には眩《まばゆ》く映り、その横顔を見つめていると自然とドキドキしてくる。

「あの……毅焔さん。今夜は毅焔さんのお屋敷に泊まらせていただきたいのですが、駄目でしょうか……？」

「そのつもりだ。こんなボロボロの状態では、警備も手薄になるからな、当然だ」

「――っ。よ、良かった！　ありがとうございます！」

ほっとして、頬を赤らめながら喜ぶと、毅焔が少し驚いた顔をして咳払いをした。

「……うむ。蔵寵の傷を気に掛けてくれたしな。蔵寵も喜ぶだろう」

「はい！　僕にできることがあるなら、なんでも言ってください。薬草だっていくらでも練りますからね！」

「ああ、頼む」

毅焔は頷いた。

そのあとで急に黙り込み、ふと思い出したようにうなじを掻いてみせる。

「蓮可」

「はい、なんですか？」

「――いや。うむ、なんでもないんだ」

「？　……はあ」

「花壇はあっちだ。俺も手伝おう」

「いいのですか？　将軍様なら、もっと大きなお仕事をしなくては」

「いいのだ」

蓮可の言葉を遮るように言い、毅焔はぎゅっと眉を顰めて、少し顔を強張らせた。

なんだか少し様子が違う彼に、蓮可は怪訝になる。

「あの、何か……？」

「これも蓮可の警護だ。大事な俺の仕事だよ」

「あ……」

そうか。

ふいに蓮可は納得して、小さく頷いた。

将軍ならば、城が一大事のとき暢気に花壇の直しなどしないだろう。もっと大きな仕事をして、大勢の兵士の陣頭指揮を執っているはず。それなのに敢えて蓮可に付き合ってくれることには、意味があるのだ。

「そ、そうですね。――はい、よろしくお願いします」

妙な期待を持ってしまい、変に誤解して舞い上がっていたようだ。

蓮可は苦笑いで誤魔化して、色めき立ってしまった自分の感情を胸の底へとぎゅうぎゅう押し込んだ。

蓮可が元気に答えると、毅焰も頷いてくれる。

彼は仕事熱心で、誠実な人だ。

今はきっと城のために、そして都のために、一生懸命になっている。それなのに自分はといえば、彼と二人きりというだけで浮かれてしまい、この一大事を忘れてしまっていた。

「……毅焔さん。僕はやっぱりあなたが次の王に相応しいと思うんです。それでは駄目なんでしょうか」

蓮可にはそれが最適解のように思えている。

けれど、漸く口に出せたというのに、毅焔から「王気」というものの気配は一向に感じられない。

そもそも「王気」がいつ発生するのかさえ、蓮可は師から知らされていないのだ。単に決めただけではいけないのか、未だ答えがわからない。

ただやはり蓮可は毅焔が王として相応しいように思う。その気持ちだけは変わらない。

そう言うと、毅焔は小さく唸った。

「駄目ではない。蓮可がそう言うのなら心して承《う》けよう。――だが、俺は蓮可が王になればいいと思っている」

「なぜ、ですか？　僕は人界のことも、ましてやこの都のこともよく知りません。懐かしさはあります。でも民のことを想えば、僕よりも毅焔さんが適任だと思うんです」

「民を想う王は素晴らしい」

「はい」

「だからお前が適任だ」

「え……？」

「俺は忠君を尽くしたい。武人だからな」

「……ぁ……」

そうか、そういうこともあるのか。――と、蓮可は胸の内で思い、少しの脱力感を覚えた。

「蓮可」

「は、はいっ」

知らぬうちに呆然としていたようで、名を呼ばれて小さく驚いた。

「俺は未熟な王でもいいと思っている」

「……なぜですか？　それでは民は喜びませんよ？」

「俺がいる。そして俐心がいる。大勢の兵士と士官と、更に城で働く者たちが王を支える。未熟で居続けることは許されない。だが、ゆっくりと学び成長していけば、それは王として正しい」

「……僕は……」

蓮可は返事に詰まった。

じっと俯きながら、胸の中で引っかかって出てこない答えを必死に探している。

しかしそれ以上、蓮可は何かを言うことはできなかった。

*

日が暮れるまで城の修繕に加わり、疲労でへとへとになった蓮可は作業を止めて、俐心とともに馬車に乗り、繚家の屋敷へと戻ってきた。

殺焔はまだ城で修繕の指揮を執っている。

文官で事務仕事が中心の俐心は夜通し指揮をするだけの体力がなく、一度躰を休めに蓮可と戻ってきたのだ。屋敷へ戻ると、二人はぐったりして今すぐにも寝落ちしそうなほど疲れ切っていた。

「殺焔さんは凄いですね。妖猫を討伐するために城を出てから、殆ど休みなく仕事をされています。それに比べて僕ときたら……」

「ああ……それは言わないで下さい、蓮可。宰相代理である私も耳が痛い。――とにかく、食事をして一度眠りましょう。兄上と違い、我らには休息が必要です」

「そうですね」

へろへろとしながら居間で遅い夕食を取った。

温かな食事が胃の腑《ふ》に滲《し》みて、労働の過酷さを痛感してしまった。

「仙界では、あまり疲労することがありません。世界が仙気に満ちていることもありますし、食事にも混ざっているので……ですので、この疲労感は身に染みます。城の人たちも、都の民も、皆こんなふうに毎日疲れを感じているのでしょうね」

湯気の立つスープを啜《すす》りながら、蓮可はしみじみと感じ入った。

「それを感じ取れることは、とても素晴らしいことだと私は思いますよ、蓮可」

「ありがとうございます。……だけど」

食事の手を止めて、蓮可は小さく俯いた。

「だけど、僕は自分が王に相応しいとは到底思えません。とても未熟です」

俐心は何も言わずに、そっと微笑んだ。

「毅焔さんに、あなたこそ相応しいと伝えたんです。でも断られてしまいました」

「兄上に？　そうですか……まあ、そんな気がしていましたけどね」

俐心の微笑みが苦笑に変わる。

蓮可は不満だった。

「なぜですか？　以前にもお伝えしたはずです。毅焔さんが王となり、俐心さんが支えてくれれば国は安泰だと。……僕はその気持ちに変わりはありません。……それなのに……」

「兄上は根っからの武人ですからね。守る者があってこその存在なのです。まあ、私も兄上が王になることには賛成です。けれど、それは兄上の人柄を知っているからこそ、叶わぬことだともわかっているのです」

俐心も少し残念そうだ。二人の意見は合致しているのに、もどかしい。

「僕よりは何倍も、何十倍も相応しいと思います」

「蓮可は蓮可で素質があると思いますよ」

ふふふ、と、俐心は笑った。

「ええ…」と、蓮可は不満げな声で眉を顰めた。

「そんなはず……」

「あなたは優しい。そして誠実だ。一生懸命で、人を想う気持ちがあって、学ぼうとする意欲もある。

――それは兄上と共通していることです」

「……そう、でしょうか……そうなのですか……？」

「そうですよ」

うん。と、俐心は「自信を持て」とばかりに、しっかりと頷いてみせた。

「あなたたち二人はとてもよく似ています。けれど、違うことがあるとしたら、蓮可にはまだ覚悟がない。――ということくらいでしょうか」

「……覚悟。王になる、覚悟、ですか？」

「ええ。でもあなたは王になるつもりがない。けれど兄上はなってもいいと思っている。その差くらいです」

「でも、毅焔さんは……」

「そうです。兄上はあなたになってほしいと願っている。つまりは、あなたが覚悟しなくてはいけないんですよ」

ふふふ、と、また笑われて、蓮可は頭を抱えてしまった。

「なんだか、巡り廻ってまた僕の所へ課題がやって来たようです」

「そうですね。仙人様が仰っていた、人生の分岐点なのでしょうね。あなたは悩んで、答えを出さなくてはならないのです。それがどんな答えであれ、あなた自身が納得のゆく答えをね」

「……答えを、……ですか」

果たして出せるのだろうか。

ひっそりとプレッシャーを覚えてしまい、蓮可は溜め息を零した。


夕食を終え浴室で湯に浸《っ》かると、考え事をする余裕もなく眠気が勝ってしまった。

ふらふらと寝床へ横たわると、そのまま落ちるように蓮可は寝てしまった。

——けれど、どれくらい経った頃だろうか、ふいに目が覚めた。

客間の扉の向こうから微かな物音が聞こえて、気になった蓮可はふらりと寝床を出た。

いつもなら朝までぐっすり眠るのだが、疲れすぎて逆に気が張ってしまったのだろうか、真夜中に目覚めたのは久し振りだ。少し眠ったおかげで頭もすっきりしているし、すぐに寝直すのは無理そうだった。

客間から出ると、心地よい夜の風を感じた。湿気を纏う、少しだけまろやかな風だ。

回廊の明かりはまばらに灯っていた。

油が切れたものと、そうでないものの差だろう。明かりをなぞるように蓮可が回廊を歩いて行くと、

庭から鷹の鳴く声がする。

手入れされた木立を抜け、蓮可が鷹の檻のある所まで行くと、数時間前に別れた毅焰の後ろ姿を見付けた。

「毅焰さん」

蓮可が声を掛けると、毅焰が振り返った。

「ああ、蓮可。ただいま」

「お帰りなさい。もうお仕事は宜しいのですか？」

「先程俐心が登城してきたので交代したのだ。他に副将軍もいるしな。休みなしで働き詰めだから、朝まで来るなと言われてしまった」

毅焰はまだまだ働きたそうな顔だが、周囲からの圧に負けたようだ。

「それは良かったです」

「良いことか？　まだまだ修繕は続くというのに、俺だけ抜けるのは気が引けてな……」

「まだ続くからです。無理をしてお躰を壊されるのは、将軍として不名誉なことでは？」

「それほど貧弱ではないぞ」

「だとしてもです」

なぜだかとても蓮可の心は躍っていた。

毅焔と二人きり。——きっとそれが理由だろう。

蓮可は自分の胸に問いかけなくてもすぐにわかった答えに、そっとはにかんだ。

「蔵龍の様子はどうですか？」

「ああ。大分良いようだ。蓮可が練ってくれた薬草がよく効いたのだろう。食欲も戻ったし、このまま傷を弄るようなことがなければ、すぐに治るだろう」

「見るか？」と訊かれて、蓮可は頷いた。

毅焔が檻の前からずれ、代わりに蓮可が前に立つと、宿り木に止まる蔵龍がピィと軽やかな声を上げて歓迎してくれた。

傷ついた左脚の太腿には、未だ包帯が巻かれているが、蔵龍の瞳は活《い》き活《い》きとしているのが灯籠の明かりでもわかるほどだ。

徐々に回復している様子がはっきりとわかり、蓮可は頗る安堵した。

「蓮可、餌をやってみるか？」

「いいのですか？」

「蔵龍は蓮可に懐いているから、きっと大丈夫だろう。それに帰りが遅くなってしまい、腹を空かせているのだ。先程からよく食う」

「で、では。やってみます」

「うむ」と、毅焰が生肉の切れ端が入った小皿を手渡した。

箸で摘まみ、扉を開けてくれた檻に手を入れると、蔵寵はぱっと目を輝かせ、すぐにも餌を奪い取り、忙しなく啄んだ。

「よく食べています。これならあっという間に元気になりますね」

猛禽類《もうきんるい》の食事はなかなかの迫力だ。すぐにも生肉を平らげてしまった蔵寵は、おかわりをせがむように蓮可をじっと見た。すぐにもまた一切れ与えてやると、嬉しそうに羽を広げてくれる。

「安心しました。……鷹は強いとはいえ、魔物に傷付けられたのですから心配だったんです」

蓮可を守り傷ついた蔵寵が瞬く間に元気になってくれるのは、とても喜ばしいことだ。

けれど、蔵寵の傷が癒えるのを見守るという目的が早々に果たされてしまっては、人界に留まる理由がなくなってしまう。それは仙界へ帰ることを意味していた。それが当然のことだと気持ちではわかっていつつも、蓮可は激しく躊躇い心が揺れる。

蔵寵の給餌を終え、毅焰が再び檻の扉を閉めた。

食べながら興奮していた蔵寵は、満腹なのかすっかり大人しくなっている。

「どうした？　眠いのか？」

急に静かになった蓮可に、毅焰が気付いてしまったようだ。

咄嗟に「いえっ」と、かぶりを振って、最後にぎこちなく笑い返した。

「蔵寵が元気になってしまったら、ここに留まる理由がなくなってしまうな、と急に思ってしまって……眠いわけじゃないんです」

「……そうか」

蓮可から餌の入った小皿と箸を受け取り、毅焔はそっと声を低くした。

きっちりと後ろで一つに結わえた銀色の長い髪が、灯籠の明かりにほんのりと光っているようだ。精悍な面立ちは健康的に焼けていて、将軍という立場に甘んじることなく、武人として自らも研鑽していることがわかる。なにより見事に鍛えられ、無駄なく引き締まったその肉体はあまりにも魅力的だ。

蓮可は彼の横顔をじっと見つめたあとで、狂おしいほどの胸の疼きを覚えてしまい視線を逸《そ》らした。

蓮可の中には様々な感情が渦巻いていた。

蔵寵の快方を見届けたら帰らなければならないことへの、寂しさと落胆。

物心つくより前に胸に刻まれた望郷や、離れがたさ。

しかし人界にいるということは、自分が王にならなければいけないのか——という重圧。

毅焔が王に相応しいという気持ちに変わりはない。けれど、人界に留まると決めてしまったら、その希望が叶えられなくなる。

でも彼が王に相応しいと思うのは一方的な願望で、毅焔自身はそれを望んではいなかった。

武人として王に仕えることが彼の望みならば、その夢を壊すことなど蓮可にはできない。

けれど、蓮可には王になるという覚悟が圧倒的に足りないのだ。この状況を前にすると、すべてを放り投げて仙界へ逃げてしまいたくなる。

――そう。

人界にたくさんの未練があるのに、王にならなければいけないという恐怖に圧倒されて、逃げ出したいのだ。それはのちのち大きな後悔になることも蓮可にはわかっている。

それを師は見抜いていたのだろう。だから人界に留まらせ、考えさせたのだ。

こうして今、師の思うとおり蓮可はぐるぐると考えを巡らせて、悔いのない選択を模索している。

帰らなければならないこと。

王には到底なれないこと。

毅焔が王に相応しいと思っていること。

そして、彼を王と決めてしまったら、忠君を尽くしたいという毅焔の望みが叶わないこと。

彼の望みを叶えるためには、他の者を王とするか、蓮可が王にならなければいけないこと。

蓮可は王になるという覚悟はない。

蓮可でもなく、毅焔でもない誰かが――では、俐心にすれば。と、一瞬考えたが、それでは仕方なく彼を選んだようではないか。そんな罪悪感が、蓮可の胸に新たに芽生えてすぐさま摘み取られた。

「蓮可」

「――は、はい」

毅焔の声に蓮可は我に返った。

「大丈夫か？　まだ夜更けだ。もう一度休むといい。目覚めてしまったのはきっと、様々なことがあって気が張っていたのだろう。白湯を用意させるから、それを飲んで眠るといい」

「ありがとうございます」

蓮可は微笑んだ。

しかしその笑顔はすぐにも消えて、白い面立ちは強張り、眉間に皺が寄る。

なぜだか蓮可は、彼に対して少しばかり怒っていた。

自分の中にある様々な感情や迷いを必死にあぶり出すことで、漸く彼に対して抱く不穏な感情の存在に気付いてしまった。

「あの……毅焔さん」

夜の庭を歩くその背を、蓮可は追い掛けた。

「なんだ？」

毅焔はすぐにも足を止めて、蓮可を見てくれる。

いつもと変わらない態度だ。

いや、出会ってすぐは険しくて、ビリビリと肌を刺すような警戒心の権化だったが、今はどうだ。

温かな包容力と深い優しさで応えてくれる。彼の本質はとても優しくて、誠実な人だ。

職務に忠実で、そして武人としての誇りを持っている。誰よりも誠実なその人は、蓮可にも他の兵士にも分け隔てなく接してくれる。

――だからこそ、蓮可の胸は心地悪く渦巻いた。

「あの……、……」

こんなぐちゃぐちゃな感情は初めてだった。

仙界にいるときは毎日が穏やかで、単調で、それでよかった。

時折兄弟子たちにからかわれて、むっとすることはあったが、一方で彼らの慈愛を感じることができたから、それ以上嫌な気持ちにされることはなかった。

人界へ来て、はじめて蓮可は自分の中に様々な感情があることを知り、人の心の複雑さを学んだ。

特に毅焔への想いが蓮可には難しく、声を掛けたのにもかかわらず次の言葉が出せないでいる。

「どうした？」

ん？　と、毅焔が不思議そうに首を傾げた。

すっかり警戒を解いた彼は、蓮可に多大なる親しみを向けてくれる。けれどそれも、俐心や他の兵士に対するものと同じ愛情なのだろう。

――そう思うと、ちくりと胸が痛んで、蓮可はぎゅっと拳を握り締めた。

「あの……、……、……僕……」

「蓮可。疲れているのだろう。話は明日また聞くから、もう休んだらどうだ？」

「……ぁ」

彼の優しい声に一瞬頷きそうになるが、蓮可は咄嗟に四肢を強張らせた。

そしてかぶりを振り、彼の顔を見上げた。

錆色の瞳が少し困った様子で揺れている。

蓮可とて、良い子でいたい。毅焰の側にいて、彼が気持ち良くなれるよう笑っていたい。けれど、このぐちゃぐちゃな感情に気が付いてしまった今、それができなくなっている。

「明日、聞こう」

「駄目ですっ」

気遣ってくれる言葉に、蓮可は大声でかぶりを振った。

「蓮可……」

「どうして、なぜ、あなたはそうも冷静なのですか？　僕は頭の中がぐちゃぐちゃしています。こんな感情ははじめてで、どうしていいかわからないほどぐちゃぐちゃなんです」

「それは…」と、差し伸べられた手から逃げるように、蓮可は一歩後ずさった。

「僕は王の地位なんて興味がないです。王にはあなたが相応しいと思っている。けれど、あなたはそれを望んでいない。だったら、他の誰かを……いいえ、そんな人、僕は思いつかない」

「蓮可……落ち着け。さあ、あの長椅子で少し休もう」

「いいえ！　――僕は仙界へ帰るつもりなんです。でもこの都が愛おしい。人が愛おしい。毎日様々なことを見て、感動して様々なことを考えて、なにより懐かしさが僕を引き留めるんです」

「ああ、そうか……」

毅焔が困っている。その表情にさえ蓮可は傷ついて、胸が苦しくなった。

「でも違う、違うんです。……僕は後ろ髪を引かれているから、ここに留まっているんじゃない」

感情にまかせ言葉にしてみてはじめて、心の奥底で小骨のようにチクチクと刺さる感情の正体を漸く見付けた。

「……怒っているんです。腹を立てているんです。妬んで、むくれている。子供みたいな幼稚な感情が昇華できなくて、この場所で地団駄を踏んでいるんです」

「そ、それは随分と荒れているな」

「はい。とても荒れています。こんな酷い感情ははじめてです」

蓮可は洟《はな》を啜って、唇を噛み締めた。

いつの間にか落ちていた顔を起こして、毅焔の錆色の瞳をじっと見る。

そして蓮可は、胸の奥底でずっと疼いていた想いを漸く口にした。

「なぜ、あなたは冷静でいられるのですか？」

蓮可が問いかけると、毅焔が微かに目を細めた。

うっすらと緊張感を纏った気配に蓮可は気付きながら、更に言葉を続ける。

「目的が果たされたら僕は仙界へ帰ります。だけど人界に留まりたい気持ちも捨てきれないでいる。悩んで悩んで悩み抜いて、今でもどうしていいのかわからないのに、あなたはずっと普段通りだ。優しくて、穏やかで、何も変わらない。引き留めてもくれない……！」

感情が込み上げてきたそのとき、逞しい腕が蓮可を抱き締めた。

カシャン！　と、地面に落ちた小皿が割れて、箸の転がる音が夜の静かな庭に響く。

それを見るよりも先に毅焔に抱き締められて、蓮可は広い胸の中にいた。

「引き留めても良かったのか……？」

「…っ」

「引き留めて良かったのか……！」

毅焔の大きな声が夜の庭に響いた。

「俺は不器用で、お前の言葉のその奥にある想いなど気付きもしないで、素直に受け入れるしかなかった。お前は仙界へ帰るのだろう。そう決めたのだから、俺が引き留めては酷だと――」

だから…！　と、毅焔は感情を抑えるように言い、蓮可を強く抱き締めた。

「引き留めてもくれないだと？　俺がどんなに引き留めたかったか……！　どれほど堪えていたか、お前にはわかるまい。俺がどれほど心を砕いて、耐え忍んだか……ッ」

「ぎ、毅焔さ…っ」

「俺は武人だ。王に仕える身だ。我が儘は言えん。言えんと頭ではわかっていながらも、俺はお前の前に立つと、武人である前に一人の男だと気付かされる。こんな気持ちになったのは、――蓮可、お前だけだ」

「……、……ぁ……」

普段温厚な彼から、怒濤《どとう》のように感情が噴き出てくる。

蓮可よりも熱く、蓮可よりも激しいその感情を、毅焔はずっと抑え込んできたのか。

そのことを今漸く知った蓮可は言葉も出せず、ただ瞠目《どうもく》するだけだ。

一度噴き出た荒々しい感情は尚も止めどなく、蓮可めがけて流れ込んでくる。

「初めてお前の姿を見た日の、心の疼きが忘れられん。戸惑いながらも懸命に職務を果たそうとする健気《けなげ》さ。酒に潰れた危うさも愛くるしさも、夜の屋台街で見せた微笑みも。――なにより、蓮池で見た、舞うように泳ぐお前の姿――もっと、もっとある。俺の目に、記憶に、色鮮やかに焼き付いているのだ。そんなお前とじきに別れねばならぬのかと、俺は……、俺は……！」

毅焔は背中を丸めながら、蓮可の薄い肩に顔を埋《うず》めて微かに嗚咽《おえつ》を零した。

「毅焔さん……」

吐息が首筋に触れ、あのときにしてくれたくちづけの熱を思い出す。

「僕はあのときにしてくれたくちづけの意味をずっと訊きたかった。訊けずにもやもやとして、それなのに毅焔さんはいつも通りの様子で……だから余計に苛立っていた。僕はずっと気になって、落ち着かなかったのに、あなただけ涼しい顔をしているなんて狡いって、ずっと怒っていたんです」

「涼しい顔などしてはいない。あのときお前の痣に気が付いて、すぐにお前が王子だとわかった。だからこそ……俺は……俺は……――蓮可……！」

言葉の途中で毅焔が呻く。

蓮可よりも苦しそうに、押し潰されそうな悲痛な声を洩らしながら、息苦しくなるほど強く強く抱き締めてくる。

「お前が王となれば、いつか子をなさねばならないだろう。誰かに取られるくらいなら、仙界へ返すべきか、――そう、ずっと悩んでいた。いや、諦めていた。引き留めたところで、叶わぬ想いだと、俺は……っ……俺は……！」

「毅焔さん……！　僕をそんなふうに想っていてくれたのですね……！」

胸の奥深くでずっと疼きを教えていた怒りがみるみると消えていく。

代わりに、涙が溢れてくるような熱い感情が込み上げてきた。

毅焔への強い想いが一気に全身に満ちて、自分がどれほどこの人を強く求めていたのか、蓮可は漸くわかった。

毅焔は尚も続ける。

熱い想いを、今までずっと押し殺してきた強烈な感情をぶつけてくれる。

「醜い嫉妬に胸を焦がして、己はどうするべきなのか答えが出せなかった。武人である前に人として引き留めて良いのか否か、選ぶことができず不甲斐なさに自分自身を罵《ののし》り続けた」

「ずっと苦しんでいたのですね。僕だけではなかった……」

「ああ、俺だけではなかった。お前もそうだったとは……」

ゆっくりと顔を起こして言った毅焔は、武人ではなく一人の男だった。

ぎこちない笑みにうっすらと涙を浮かべて、いつもよりも少し幼く見えて、きっとこれは誰にも見せたことのない彼の無垢《むく》な表情なのだと思うと蓮可にはたまらなく愛おしく感じる。

「毅焔さん、どうか僕を引き留めてください。強く強く。僕がここに留まることを躊躇わないくらいに、あなたの強い感情で引き留めてください」

「蓮可…ッ」

涙ながらに訴える蓮可に、毅焔が唇を噛み締めた。

この人の中にはまだ不安が残っている。

蓮可が王となれば、いずれ子をもうけなければならないと、他の誰かと契りを結ぶことになると、居もしない誰かに嫉妬の火を燃やしているのだ。

清廉とした彼が、誠実で正義感に溢れた彼がこうまでも胸を焦がしてくれるなんて、蓮可はこそばゆいほど嬉しかった。嬉しくて、心の底から幸福だった。

「毅焔さん、僕は王になります」

蓮可は静かに言った。

途端、毅焔は喜びを滲ませ、一方で不安を覗かせた。

そんな彼に、安堵して貰いたくて蓮可は微笑んでみせる。

「僕が王になり、世襲制を廃します。王たる素質のある者が次の王になればいい。けれどそのための選定方法や慧眼《けいがん》は世間知らずな僕にはありません。政もそうです。——だからこそ、あなたに支えてほしい」

　蓮可は言った。

「あなたと俐心さんがいれば僕は頑張れます。——だから、どうか」

　熱の籠もった瞳で告げた蓮可を、毅焔はまた強く抱き締めた。

　息苦しいほどの抱擁《ほうよう》に、彼の決意を感じる。蓮可も彼の背中に腕を回しながら、その逞しい胸に顔を埋めた。

「誓おう」

　毅焔は言った。

　そして抱き締めていた腕を解く。蓮可が顔を起こすと、右頬を大きな手が包み込んだ。

「蓮可、お前にすべてを捧げると誓う。武人である前に一人の人間として、お前に——愛するお前に、俺の命を、そして人生を捧げよう」

「——っ、……毅焔さん……」

　息が詰まりそうなほどの多幸感に、蓮可は涙を流しながら大きな笑顔を描いた。

「僕も…！　僕もお慕いしています。一目あなたのお姿を見たときから、ずっと心に焼き付いていました。どうか僕と共に生きてください」

「ああ…」

感極まった声に、毅焔は大きく頷いた。

蓮可が安堵に笑顔を濃くすると、途端に胸の深い所で熱い何かが噴き上がった。

「――あ……！」

強烈な躍動を覚えて蓮可が四肢を強張らせると、全身から見えない何かが弾《はじ》ける。躰が爆《は》ぜたような衝撃に驚くと、不思議な感覚はすぐにも消え、何事もないような落ち着きを取り戻した。

「あ……今のは？　僕の躰から、ぶわって何かが噴き出たような感覚がして……まさかこれが、王気？」

「どうやらそのようだな。春の風のようなものが俺の躰を抜けていったのがわかった。きっと、都の民もそれを感じただろう。今、新たな王が生まれたと。仙気と王気を持つ王だ。都は必ずや守られるだろう。安泰だ」

「あ…、……」

良かった。と、蓮可が微笑むと、毅焔も返してくれる。

二人の唇は引き寄せられていき、自然と重なり合った。

優しく抱き合いながら、啄むようなくちづけを繰り返して時折顔を見合わせ微笑む。唇に吐息が触れ合う距離で笑い合い、込み上げてくる喜びの感情に急かされてまたくちづけをする。

ゆっくりと行為は深まっていき、いつしか二人とも吐息が火照っていく頃、毅焔はまた強く蓮可を抱き締めながら、その横髪に頬擦りをしてきた。

「あのときのくちづけの意味を訊いたな。――あれは愛おしさ以外の何ものでもない。蓮可が俺に仙気を与えているとも気付かずに舞い上がっていたのだ」

「そうだったのですか」

気恥ずかしそうな毅焔の告白だった。

くすりと笑った蓮可に、渋面を返される。

「泳ぐ蓮可の姿は、水蓮花の化身かと思うほど美しくて、目を奪われた。心もだ。ずっと見ていたくて、このまま水底に沈んでいてもいいと願ったほどだった。なにせ苦しさを忘れてしまうほどなのだ。それが蓮可が俺に与えてくれた仙気のせいだとは気付かなかったが」

「僕も毅焔さんにくちづけされて、あのとき心臓が破けてしまうんじゃないかと思うほど、ドキドキしました。――今も……」

照れ臭くなり、つい睫毛を伏せると、「蓮可…」と感じ入った毅焔の声。

「俺もだ、蓮可。ドキドキとして躰が熱い。この数日の疲れも苦労もすべてが吹き飛んでしまった。まさかこれも仙気か？」

「違います。きっと、嬉しくて幸せな気分だから、他のことなんてどうでもよくなってしまっているのかもしれません。だって、今の僕がそうだから」

王になるだの、人生の分岐点だの、彼の愛を前にしたら酷くちっぽけなものだと感じられる。

せめて今だけは溺れるくらいの幸福感のなかで、うっとりとしていたい。

蓮可が言うと、「うむ」と毅焔も納得したようにぽつりと零し、小さく頷いた。

「俺もだ。お前と二人きりのこの時間はなによりも最上だ」

「はい」

再び唇が重なる。触れ合うだけの軽いくちづけをする。

そして再び睫毛が触れ合うような距離で見つめ合い、二人は照れ臭そうに笑った。

そっと抱き締め合うと夜の風に庭の木々がさざめいて、こそばゆい音色が二人を包み込む。まるで生まれたばかりの恋人同士を祝福しているかのようだった。


屋敷の者たちに気付かれないように足音を殺して、二人は手を繋ぎ毅焔の私室へと入った。扉には鍵がない。毅焔は椅子の背もたれを器用に使い開かないように防ぐ間に、蓮可は灯籠の火を吹き消した。

「明かりはいるだろう」

「だ、駄目です。だって恥ずかしいですし……」

「今夜こそ背中の痣をしっかり拝めると思ったのだがな」

「窓からの明かりで十分です」

灯籠の前でもぞもぞしていると毅焔が寝台へ腰掛けた。

「おいで」と、両手を出され、気恥ずかしさに顔から火を噴きそうな心地で毅焔の前に立つと、そろそろと膝に跨がった。

「うむ。やはり明かりは欲しいところだ」

「十分見えます。毅焔さんの銀色の睫毛だって、瞳の色だって、僕の目にははっきりと」

「それは仙人の力か？」

「さあ……。毅焔さんは見えないのですか？」

明かりを落とした部屋は暗いが、窓の外の灯籠の光がうっすらと障子戸を光らせていて薄闇程度だ。すぐにも目が慣れてきて、蓮可の目には愛しい人の穏やかな微笑みが十分過ぎるほどに見えている。

「野山を駆け回り、野宿など朝飯前の俺が薄闇程度で見えなくなることなどないが、明かりは鮮やかに照らしてくれる」

そう言うと、毅焔は蓮可を寝台に倒して見下ろした。

「お前の細く繊細な睫毛や、桃のような頬。指先に感じる産毛が光り、杏色《あんずいろ》の唇を艶やかに見せる。その茶色の瞳に俺が映っているのも見えるし、お前が俺を一心に見つめるその輝きもわかるのだ」

「も…余計に恥ずかしくなってしまいます……あなたに見つめられるだけでドキドキしているのに、そんなことを言われると全身の血が沸騰してしまいそうです」

「何を恥ずかしがる。本当のことだ。俺にはずっとお前が輝いて見えている。明かりを落とした今でも、赤子のような澄んだ色の肌がほのかに光り、潤んだ瞳がまろやかな輝きを見せる。美しいな、お前は。その上、心も澄んでいる」

「毅焔さんっ、も……恥ずかしくて逃げ出しそうです。帰ってくる前にお酒でも飲んだのですか？　急に饒舌《じょうぜつ》になってしまわれた」

顔を真っ赤に染めながら訴える蓮可に、毅焔は声を弾ませ笑った。

「いかんな。抑えてきた気持ちを口に出した途端、急に我慢ができなくなってしまったようだ。それほどにお前が愛しいのだ、蓮可。——俺と同じ痣を持つ、縁の人」

頬を撫でる指がくすぐったい。

こんな幸せな気持ちは仙界でも味わったことがなかった。それは毅焔だからだろう。

「毅焔さん、あなたの痣を見てもいいですか？」

左の胸に手を触れると、毅焔は着物の前を開いた。

露《あら》わになった広い胸板。心臓のあるそこには蓮可と同じ満開の蓮の花の形をした、大きな痣がある。薄暗い室内でもその色がわかるほどの鮮明な赤色だ。その美しさに惹かれて、蓮可はそっと指を近づけた。

「触れても？」

「ああ、かまわん」

その返事に安堵して、そっと彼の胸に触れる。

指先から毅焔の体温が伝わり、蓮可は、ほう…と、重たい吐息を零した。

「僕と、同じ……僕と同じ蓮の花……僕の痣もこんなに美しいのでしょうか」

花弁を指先でなぞり、そして蓮可は胸にくちづけを落とした。

逞しい胸板がひくりと強張ると、満開の花弁が一層赤を強くする。

なんて鮮やかな色だろう。痣とは思えないほど緻密な紋様のようで、おもわず魅入ってしまう。

「蓮可…っ」

感動のあまり蓮可が熱い吐息を零すと、毅焔が掠れた声を上げて首筋に顔を埋めてきた。

「あっ」と、蓮可は驚いた声を上げて、肩を弾ませる。ほんの少しだけ四肢が強張った蓮可の着物の帯を毅焔が焦った手つきで解き、そして前を開けた。

その間、彼の熱い吐息が首筋を撫でて、耳裏を火照らせる。

くちづけをしたときよりも、毅焔の吐息は熱く浅く乱れていた。切羽詰まったその様子は蓮可を強く求めてくれる証しのようで、たまらなく嬉しい。

蓮可も毅焔の広い背中に腕を回すと、大きな手の平が右の脇腹に触れて胸へと上ってきた。

「…っ、…ん…っ」

さらりとした感触なのに、ぞくぞくさせる。

火傷《やけど》するほど熱い手の平の体温が、蓮可の胸を包むように触れると、乳首が瞬く間に硬くなってしまった。

彼の手の中で酷く存在感を教えてくるそれが、優しく潰れて心地悪そうに角度を変えると、そこだけがじんじんと痺《しび》れて、蓮可を困らせた。

切なげに吐息を洩らしながら戸惑い、身を捩《よじ》る。すると手の中の乳首が小さな身を倒して、こそばゆいような刺激を蓮可に伝えてきた。咄嗟にまた彼の腕の中で身をくねらせれば、乳首が角度を変えてしまう。

「は…、……ぁっ」

もどかしい刺激に戸惑うなか、毅焔の吐息が鎖骨を愛撫してきて、驚きに小さな声がまろび出た。

「う…。ぃ、今のは……」

「ああ。甘くて、胸が高揚する声だった。もっと聞かせてくれ」

「そ、そう言われても困ります。僕も予期せぬことに驚いてしまったくらいですから」

「なに、これからだ」

「これからって——えっ、あっ」

寝床の上で躰を反転させられてうつ伏せになると、開けた着物を背後から剝がされてしまった。

隠すものがなくなり心許《こころもと》なさに小さくなると、毅焔が背中を撫でていく。

「——ふ…っ」

布越しではなく、直に触れられた感触に蓮可の背中がぞくぞくと粟立った。

肩を竦めて背中を反らせると、左の肩甲骨にくちづけされ、吐息が肌を熔《と》かす。

そこは大輪の蓮の花のある箇所だ。蓮可がしたように、彼もそこにくちづけしてくれる。更に舌の平を使い、花弁を濡らすように舐《な》められて、蓮可の声は甘く震えた。

ぶるっ、と背中が揺れて軽く反る。すると毅焔は蓮可の腰を左右から摑んで、その細さを確かめるようにゆっくりと頭を落としていく。

「美しい」

毅焔は感じ入った様子で言った。その吐息が背筋を撫でて、腰へと落ちていく。時折くちづけで点々と跡をつけ、舌先がゆっくりと肌の上を滑る。

「ぁ…、あ、……ふ、ぅう……んっ」

こそばゆい。もどかしくて、じっとしていられない。

躰の芯がじりじりと火照り、毅焔に触れられた箇所からじわじわと汗が滲むのがわかる。

彼の手が熱い。吐息が熱い。

滑る舌の湿り気が肌を熔かし、蓮可を蕩《とろ》けさせていく。

その刺激と快感に、蓮可は布団にしがみつきながらじっと耐えた。時折ひくん、ひくんと躰が跳ねて、そのたびに微かな喘《あえ》ぎが零れる。声が洩れるたびに毅焔はそこを丹念に愛撫して、跡をつけているようだ。

慣れない行為に、念を押すような愛撫。蓮可の躰はすっかり熱を纏い、布団の上でくったりしていると、彼の指が尻の溝に潜ってきた。

「あっ、え…!?　そんなところ…っ」

「ああ、愛らしい。瑞々《みずみず》しい桃のようだ」

驚く蓮可をよそに、毅焔は感動したような様子だった。

「実ったばかりの果実のように張りがある。この透明な白い肌を噛んだら果汁が溢れてきそうだ」

「そのようなこと……、……っ、……そこに触れるのですか……？」

「ああ、触れるぞ。やわらかくなるまでほぐすのだ。――いいか？」

「まぐわうことは知っています。……これは、毅焔さんと、一つになるためですか……？」

おそるおそる振り返り、こわごわと尋ねると「そうだ」と優しい返事のあとでこめかみにくちづけしてくれた。

それはけっして蓮可を怖がらせるものではなく、愛する者たちの行為の延長なのだと教えていた。

十分過ぎる返事に、蓮可の怯えはすぐに引っ込んで照れを帯びた笑みがこぼれた。

「同じ痣を持つ二人が一つになれるなんて、そんな素敵なことはありません。寧ろ、そうあるべきなんです……そう思います」

「ああ、俺もだ。俺もそう思う」

「はい！」

笑顔で頷いた蓮可の頬に、毅焔は唇を落とした。

「ここに」と、唇に欲しがると、吐息が混ざり合い、二人の熱が重なる。

互いに食《は》むように唇を愛撫しながら、自然と舌先を重ね合い、擦り合う。

「は、…ん、ふ……ん、む……ん」

口腔内深くに舌が滑り込んできて、蓮可の舌の上を大きく撫でてきた。

ふっくらとした肉厚な舌だ。蓮可の薄っぺらなそれをからかうように撫で、絡みつきながらまるでそこで抱き締め合っているよう。

ぬるぬるとして、熱くて、蓮可の躰が脱力していった。すると今度は尻臀《しりべた》の溝に触れた指が、ひっそり身を隠した窄《すぼ》まりをぐるりとなぞるように撫でてきた。

「ふあっ、…あっ」

そわそわっと、尾骶《びてい》骨の当たりに甘い快感の波紋が広がり、全身に広がっていく。

「触れた途端に締めてきたぞ」

くくっ、と毅焰が笑い、そこをつついてきた。

「だって、びっくりしたんです。そんなところ、誰にも触られたことないですから」

「それは吉報だ。ならば、俺の指と、これだけを覚えてくれ」

「――…ふぁっ」

自身のそれをすっかり強張らせ、着物の前を帆立てている様子に驚きと気恥ずかしさが交ざった声が出てしまった。

「苦しくはないのですか？　もう、十分過ぎるほどではないですか？」

視線はそこに釘付けで、蓮可は頬を赤く染めながら問う。

「苦しいかと聞かれれば苦しいかもしれんが、期待のほうが勝っていてたまらん。そうしてお前に見られることもな。……良からぬ趣向が芽生えそうだ」

「毅焔さんの躰はどこも魅力的です。研磨されてきた肉体美――というのでしょうか。僕にはない色香にくらくらします」

　抱き締められるだけで昇天しそうなほど、男性的なその姿に魅了されている。そんな彼が蓮可を愛おしいと思い、箍《たが》を外すほど心酔してくれていることに、この上ない幸福感を覚える。

もっともっと愛されたいと、貪欲な感情まで芽生えてしまうほど、毅焔に夢中だ。

「ああ、……早くあなたのそれを、感じてみたい……きっとすごく感動的だと思います」

「なんという純真な。蜜のような、甘く愛くるしいおねだりだ」

「それはまた子供扱いしているみたいです」

「子供扱いなどしない。お前だからこそだ、蓮可」

待っていろ。――と、毅焔が蓮可の上から身を離した。

寝台を降りて、部屋の隅に置かれた飾り箪笥《だんす》の抽斗《ひきだし》を明け、何かを出して戻ってきた。

「？　何をされるのですか？」

「軟膏をな。このままでは傷付けてしまう」

「ぁ…、……そ、そうですね……」

蓮可を気遣い、わざわざ軟膏を持ってきてくれたことを今知って、急に気恥ずかしくなってしまった。また頬を赤らめた蓮可に毅焔がくくっと喉を鳴らして笑う。

「はじめから用意しなかった俺の落ち度だ。次は気をつける」

「そんなことで怒りはしません。……急に恥ずかしくなってきてしまいますけど……」

「だからだ」

毅焔が苦笑しながら、着物と下着を脱ぎ捨てる。

そして萎縮している蓮可の尻臀に再び指が潜り、窄まりを撫でてきた。

「はっ、ぁ…っ」

今度はたっぷりと軟膏を付けた指で、細かな皺を埋めるように丁寧に弧を描く。

「ぁ、あっ、…っ、……はっ」

「気持ちいいか、蓮可」

ひくん、ひくんと腰を浮かせる蓮可に、毅焔の声が甘く低く響いた。

蓮可はこくこくと頷いて、浅く乱れた吐息を繰り返す。

毅焔の指は繰り返し窄まりをなぞりながら撫でていき、徐々にふやかしていった。

次第にそこがもったりとした熱を持ち、今まで感じたことのない温みを帯びはじめる頃、指先が中心を暴いていく。

「ぁ……、……あ……挿入《はい》るのですか……？　……そこに……んっ」

「痛くないだろう。十分に火照って、潤んでいる」

「はいっ、はい……！　ぁ……っ、……毅焔さんの、指……、……」

剣を持つその手の指は、関節が浮き出た無骨なものだった。けれど蓮可の中で感じるそれは優しくて、傷付けまいとする繊細な動きをしてくれる。

綻《ほころ》んだばかりの窄まりが脅えないように、浅瀬で指をくねらせながら開いていく。痛みはなく、寧ろじわじわと増していく熱に熔かされそうだ。

蓮可が掠れた甘い声を上げながら尻臀を突き出すと、毅焔は浅瀬で幾度も指を抜き差しして軟膏を中まで塗りこめていく。襞《ひだ》を擦るのは爪だろうか。微かに硬さのある感触が中を擦るたび、もどかしさを覚えて、蓮可は時折腰を震わせた。

指は次第に深みへと落ちていき、根元まで入った途端に中を撫で回す。

「は……あっ、……動いてる……っ、毅焔さんの……ぁっ……っ」

「増やすぞ。……まったく、たまらん声だな……お前は……っ」

蓮可が慣れない快感に身震いするように、毅焔もまた声を震わせて期待に喘いでいるようだ。増やす、とはどういう意味かと聞くよりも前に指が引き抜かれて二本に増やされた。

「ぁは、……！　あぁっ……っ」

さっきほどよりも侵す質量が大きくなった。筋張った太く長い指が襞を擦る。

「あ、ン……！」

「これが好きか」

蓮可の甘い声に気付いた毅焔が指を引き抜いた。すぐにもまた襞を擦る指の硬さに、蓮可は腰を震わせて喘ぐ。

腰が揺れると性器まで身震いしていた。いつの間にか芯を硬くして、先をぬるつかせている。それが布団に当たるたびに、先を疼かせながら糸を繋げていた。

「これほど敏感であれば、俺も安心だ」

「僕は、かなり驚いています。……だって、こんなにもあなたを感じてしまうなんて……」

「俺とて同じだ。お前に触れたところがすべて熱い。こんなにも逸《はや》る気持ちは初めてなのだ」

「はい…っ、僕も……！」

更に指が増えて、幾度も浅瀬を掻き回しては大きく拡げられ、蓮可は恥ずかしさに息を呑んだ。しかし嫌なわけではなく、寧ろ羞恥心を刺激する愛撫に興奮してしまっている。

性器の先はとろとろと蜜を零して、胸の突起はヒリつくほどに勃起した。毅焔がふいに右の突起を撫で上げてきて、「ひぁっ」と弾んだ声が洩れ出た。

「痛いか」

「ぃ、いいえ……、そこ、……硬くなって、撫でられると、びりって……――ぁン！」

爪の先で尖《とが》りを引っ掻かれて、蓮可の躰が跳ねた。

「はっ、ぁ…、……ぁ……」

性器が急に濡れた感触を伝えてきた。それよりも根元から甘い痺れが亀頭まで走り抜け、あまりにも強烈な刺激に蓮可は瞬きするのも忘れて、酷く驚いてしまった。

「――どうやらそのようだな。ああ、どうした……乳首で果てたか」

「そんな……、……そんなこと、あるわけが……んぅ……ふ……」

「尻臀を掻き回されながら乳首を撫でたのだ。お前の躰が俺の愛撫を喜んでいる証拠だろう。なんと愛らしい……。わかるか？　さきほどから俺の指を根元までしゃぶって、奥へ来いと誘っているのだ」

「僕が……？　ふ、んぅう……ぁっ、……あっ」

一体どんなふうになっているのかわからないが、根元まで収まっている三本の指が腹の中を満たしていた。

少しでも動くと、中で蠢《うごめ》くようなもどかしい刺激が腹に響いてくる。

もっと強くしてくれたら、毅焔を強く感じられるだろうに。――そう思いながらも、初めて味わう重たい質量に蓮可は気怠い溜め息を落とした。

「肉がうねって、ここが気持ちいいと教えているぞ。襞が吸い付いて、なんと淫《みだ》らか。何も知らぬお前が俺を誑《たぶら》かす術を急速に身につけていると思うと、これは恐ろしいな」

そう言う毅焔の声が嬉しそうだ。

「わかりません。……だけど、毅焔さんを夢中にさせられるなら、僕はどんな努力も惜しみませんよ。……きっとそこも、……あなたを虜にしようと励んでいるんです……だから……ん」

早く。と言うより先に指が引き抜かれた。

最後に大きく襞を広げながら、襞裏を引っ掻いた刺激に下腹が引き締まる。

「毅焔さん……、……」

早く。と、また言葉にできないまま、蓮可は腰を突き出しながら、愛しい人が丹念に拓いてくれたそこを見せた。

「鮮やかな赤だ。暗くともわかる」

「ふ…、……毅焔さん……」

尻臀の丸みをゆっくりと撫でられただけで、膝の力が抜けてきた。

布団の上でくったりとする蓮可の腰を、毅焔が摑まえて支えてくれる。——ふいに、指とは違う何かが後孔に当たると、それが彼のものだとすぐに気が付いて、蓮可は吐息を震わせた。

濡れたそこに馴染ませるように、硬いそれが幾度か往復している。

ぬるぬるとした感触のなか、時折襞を浅く掻くような刺激がきた。彼の昂《たかぶ》りが大きく張っているのがわかって、蓮可の鼓動は心臓が破けそうなほど高鳴ってしまう。

こんな浅ましくて大胆な気持ちになったのは、初めてのことだ。

指で左右から溝を大きく開かれて、後孔が微かに口を開けたのがわかった。

「ぁ……——あ、ぁ……、……」

恥ずかしくてたまらないのに、期待で全身の血が沸騰しそうだった。

微かに開かれたそこにぬめったものが触れた。亀頭の先がくちづけしたのだと知ると、毅焔が、ふっと笑みを零した。

「そう欲しがってくれるな。抑えが効かなくなるぞ」

「ん…、……抑えなど、いいのです。……あなたに強く求められることが、僕は嬉しい」

「嬉しいことを――ああ、少しつらいかもしれんが、いいな……？」

「はい……――、……ふ、ぁ……あっ、あ――！」

蓮可のものとは比べものにならないほど立派なそれが、後孔を抉《こ》じ開けて挿入ってきた。

ぬかるんでいるにもかかわらず、襞をごりごりと擦りながら狭窄したそこを容赦なく広げて沈んでいく。

「はぅ、ンん…っ」

襞を抜けた途端、蓮可の下腹に鈍くて重たい存在感が現れた。

亀頭がすべて呑み込まれたからだろう。圧倒的なその大きさに驚きながらも、愛しい人に蓮可自身さえ知らない場所を暴かれていく幸福感と興奮に、ただただ四肢が蕩けた。

背後で毅焔が微かに呻き声を零しながら、それでも腰を落としていく。中はきっと狭いだろう。大きな雁で彼の形に変えていきながら中程あたりまでくると急に動きを止めて、ふいに引き抜かれた。

「ぁっ、あ……、な、なにを……？　はっ、あっ」

長い時間をかけてほぐしてくれたのに、もう抜いてしまうのかと蓮可は焦る。しかしそれは、あと少しで抜けてしまうというところで動きを止めて、再び奥へと突き進んだ。

またごりごりと内壁が擦られて、摩擦の起きたそこが熱を帯びていく。

今度こそ、奥まで行くのだろうか？　――そう思った矢先、再び抜ける寸前まで腰を引かれてしまった。

「ふう、んん……ん……」

大きく張った雁が襞裏で引っかかり、ぐうぅと力強く圧《お》し上げてくる。

抜けそうで抜けない不安を覚えながら、一方で中から襞を強引に広げられていく快感がたまらない。

蓮可は無意識に毅焔の腰遣いに合わせて、自らも腰をくねらせていた。

「苦しいことはないな？」

「はいっ……はい……！」

蓮可は懸命に頷いた。

「だから、奥まで、きてください……！　あなたが望むとおりにして……！」

蓮可が切に訴えると、「うむ」と、毅焔も声を搾り出し、腰を強く摑んだ。その直後、今まで挿入ってきたことのない奥まで楔《くさび》が貫いていく。指さえ届かなかったそこを大きな雁がぐいぐいと広げていきながら、蓮可の知らない深みまで落ちていった。

「はぅ……んんー……ん、ぅう……」

圧倒的な質量に躰はおののいて、蓮可は背中を丸めながら四肢を強張らせる。

「…っ……痛むか……？」

こんなときまで毅焔は蓮可を気遣い、優しい言葉を掛けてくれたが、それに応じるだけの心の余裕がない。枕を抱き締めながら、その大きすぎる質量に必死に耐えるのが精一杯だ。

蓮可が呻くと、「大丈夫だ」と、毅焔の穏やかな声。

その声とて苦しそうだ。申し訳なさを感じながら、ただ呻くことしかできないでいると、毅焔が蓮可の性器を握ってきた。

ゆるゆると扱《しご》かれると、苦しいばかりだった躰が快感を思い出していく。

「あ？　……ぁっ、あっ……あっ、毅焔さん……っ」

根元から絞られる刺激に、幹の先からとろとろと蜜が溢れ出て、布団に垂れていく。誰かが見たら恥ずかしいそれが、彼の与える快感の前に霞んでしまい、今はただ与えられる愛撫に腰を揺らしながら喜んだ。

蓮可の強張りが解けたのを見計らい、毅焔の腰がゆるゆると動きだす。

「あぁああ……――――……」

弧を描くように腰を揺さぶられると、幹を扱かれる愛撫と混ざり合い、中をぐちゃぐちゃにされるような快感に全身が歓喜した。

掠れた甘い声を上げながら、蓮可は背中を反らした。幹の根元が疼いて絶頂の気配を感じる。

蓮可の後孔を犯す毅焔のそれが次第に縦の動きへと変化して、肉路を雁がごりごりと擦りながら繰り返し奥を叩いた。強い衝撃は内臓にまで達して、強烈な快感を伝えてくる。

「蓮可……！」

毅焔が切羽詰まった声を上げて、唐突に楔を引き抜いた。

「ひぁ！」

あまりの衝撃に全身がおののき、どっと汗が噴き出す。

ビクビクと内腿を震わせる蓮可を今度は仰向《あおむ》けにすると、両足を摑まえて大きく開かせた。

蓮可が羞恥を覚えるより先に、毅焔の楔が深みを貫いて、奥を叩く。

どっ、――と、鈍い衝撃が内臓を震わせた途端蓮可の躰は総毛立った。その快感の余韻を昇華しきれないまま、限界まで引き抜かれて再び奥を貫き、蓮可を限界まで追いやる。

ど、ど、と、体内深くで響く衝撃に呑まれながら、絶頂へと駆け上った。

「ふあ！　毅焔さん……！　あ！　ぁああ……っ、――――……！」

蓮可は勢いよく精を放ち、彼の手の平を濡らした。

誰かに与えられる快感など初体験で、躰が酷く驚いている。一度達した直後も二度三度と精を飛沫《しぶき》ながら、下腹や内腿をひくひくと痙攣させて、蓮可を陶然とさせた。

「達したか……そうか、良かった」

「ぁ……あっ、あっ、毅焔さ、ぁ……っ……」

「悪いが、あと少しだけ付き合ってくれ……っ」

大して休む間もなく腰が動きだして、蓮可の細い躰が大きく揺さぶられていく。

蓮可は腕を伸ばして、毅焔の肩に手を滑らせた。

「はい……！　どうか、僕の中で……っ」

「お前は……どこまでも俺を喜ばせてくれる……」

「だって……愛しい人に、僕を感じてほしいから」

「――っ、十分過ぎるほどだ、……蓮可……！」

毅焔がまた軽々と蓮可を抱きかかえて、向き合うように膝の上に座らせた。

「ぁっ、……深い……！　奥まで、きちゃ……ぁあ……」

向かい合った体勢になり、毅焔を抱き締めやすくなったが、その一方で奥底に沈む楔が自重で一層深い所を圧してきた。

少しでも気を抜いたら、内臓に当たってしまうのではないかと思えるほどの硬い楔に蓮可は少しの恐れを感じて、ぎゅっと毅焔を抱き締める。毅焔もそれに応えて強く抱き返してくれた。

「細いな……そして軽い。強く抱き締めすぎたら折れてしまいそうだ」

「毅焔さんは、とても逞しいです」

「そう褒めるな。煽《あお》られてもお前が苦しいだけだ」

「苦しくなどありません。だって、毅焔さんが与えてくれるものですから、幸せです」

「ああ、蓮可……」

火照り汗に湿った頰に、毅焔がくちづけをしてくれた。うっとりと微笑み返すと、中の楔が硬度を増したように蓮可の中を圧し拡げてくる。

「ぁ…、……毅焔さん……」

こうしていることが必然だと思えるほど、彼の質量が気持ちいい。

甘く蕩けた声を蓮可が零すと、毅焔は煽られたのか、吐息を震わせながら腰を揺さぶってきた。

「あ、あ、ん、んぅ、んっ、はっ、……きもち、ぃ……ぁっ、……あっ」

ゆらゆらと躰が揺さぶられながら、繋がり合ったそこが熱く熔けるような快感を教えてきた。

時折くちゃくちゃとぬめった音がするのは、蓮可の中で溢れてきた毅焔の先走りだろうか。初めの頃よりずっと動きが滑らかになったのは、それが理由だろう。

蓮可の中がきっと気持ちいいのだ。——そう思うと、蓮可は嬉しくて、自らも懸命に腰を揺さぶり、愛しい人を絶頂へと誘う。

二人の浅く乱れた吐息が静かな部屋に響いていた。汗に濡れた毅焔の肌が光沢を放ち、銀の髪が美しい。

見つめ合うと、情熱的な瞳の輝きが一心に蓮可を見つめて離さない。

愛おしい。——心からそう思える人と出会えた喜びが、快感とともに血潮を熱くさせた。

激しく昂り、呼吸もままならない状態で二人はくちづけを交わし合う。

唇で愛し合い、後孔で繋がり合いながら、蓮可がまた絶頂の階《きざはし》を感じると、毅焔の腰使いが一層強いものとなり、蓮可を追い詰めた。

「あ！　アッ、……あっ、きちゃ……きちゃう……！　もう！　もう……――ッ」

ぐうう――と、体内の血が沸騰する。

「毅焔さん……――！」

蓮可は目を見開いて、四肢を強張らせた。

「イけ！　俺もッ――！　俺も……――……！」

毅焔の切羽詰まった声がした。

逞しい腕が蓮可の細い躰を強く抱き締める。

そして一際腰が深みを穿《うが》ったそのとき、蓮可は自らの最奥で熱いものが広がるのを感じた。

「ぁ……、……毅焔さん……」

彼の精が蓮可の中で広がり、潤おしていく。

毅焔が自分のものだと訴えているような、強烈な誇示が蓮可に歓喜を教えてくれる。

「……蓮可、愛してる……離さんぞ。俺の一途さをとことん知ればいい」

はあ……と、疲労を纏う大きな息を吐き出して毅焔が言った。

「ふふ…嬉しいです。ずっと僕を夢中にさせてください。あなたのために、僕は人として、王として生きますから。だからあなたが繋ぎ止めていてくれないと、僕はたちまち駄目になってしまう」

「そんなことはさせません。俺だけの蓮可だ。――少なくとも、寝床で二人きりのときは」

「はい。あなたの腕の中にいるときは」

どちらからともなく唇を重ね合い、快感の余韻と濃い疲労感のなかで微笑み合った。

蓮可は指先で愛しい人の胸の痣を撫でる。

満開の蓮の花。蓮可と同じ模様の、真っ赤な痣。

「――もしかして御師様には視えていたのかもしれませんね」

二人が愛し合うことを。それを視ていて、同じ痣を刻んだのかもしれない。――そんなことを思うと、毅焔が蓮可を寝床へ倒し、またうつ伏せにしてしまった。

「千里眼か。今は視せたくないものだ。どこから視ているのか知らないが、俺の躰で隠しておいてやろう」

上から重なり合い、再び腰が揺れ出す。

「ンぁっ」

「もう嫉妬ですか？　ふふっ、毅焔さんの一途さが沁《し》みますね」

「仙人よりも、今は俺のことだけ見ていてくれ。――負けじと、花を刻んでやろう」

うなじを強く吸われて、赤い跡が刻まれていく。

うなじだけではなく、肩へ、背中へと次々に。

鮮やかな蓮花のまわりに赤い花がちりばめられていく。

「見事だ。美しいぞ、蓮可」

「も…、じゃれて……あははっ」

愛しい人に抱き締められながら、幸福感のなかで蓮可は笑った。

これが悔いのない選択だと、大きな確信を持ちながら。

＊

新王の即位式は、城の大規模修繕工事を終えてすぐのことだ。

当日は快晴の空に恵まれ、美しさを取り戻した城には隣国の賓客とともに、都の民が大勢押し寄せた。

朝、沐浴をして躰を清めた蓮可は処女雪のごとく美しい白絹の衣装を纏い、儀式へと向かった。

儀式は王家の墓の前で、次期王になることを祖先に報告することからはじまり、高官が一堂に集まるなか、生涯国のために誠実に尽くすことを宣言し、宣言書に署名する。これにより蓮可は新たな王として認められて冠を被った。

色とりどりの宝石がちりばめられた金の冠は、首が痛くなりそうなほどに重たい。それがまるでこれからの重責を物語っているようで、蓮可を緊張させる。

昨夜も緊張でよく眠れなかった。できれば毅焔に抱き締められて眠りたかったが、毅焔は毅焔で警護の準備で忙しく、結局顔を合わせることもできずに当日を迎えていた。

眠れなかったことや毅焔に逢えなかった寂しさ、なにより極度の緊張が蓮可にのし掛かる。

こんなことで果たして王としてこれからやっていけるのだろうか……。——そんな不安に駆られながら下臣に案内され、長い回廊を歩いていく。

朝から儀式の連続で、次はどこへ行くのか何をするのかうろ覚えだ。何日も前から練習して、一日の流れは頭の中に入れたつもりだったのに、これも不安と緊張のせいだろうか。心細さのあまり、徐々に項垂れていくと、ふいに誰かの手が背中に触れた。

蓮可が顔を起こすと、毅焔が無言で微笑みを返した。

彼の後ろには俐心がいて、蓮可と目が合うなり小さく頷いた。

「次は大広場で民にお披露目だ。皆、朝早くから新たな王を待っていたぞ。——さあ、王の初仕事だ。笑顔でな」

毅焔の言葉に蓮可は「あ…」と微かに声を洩らした。

「笑顔で」と彼に言われて、自分の中にあった緊張が急速に和らいでいく。

さきほどまで重圧に押し潰されそうだったのに、毅焔が傍らにいてくれる。と、そのことを思い出して、急に安心してしまった。

「大門の前では数日前から場所取り合戦があったようですよ。兵士が散らしても散らしてもすぐに集まってきてしまうから、ほとほと困ったと聞いています。それほど民は新しい王を楽しみにしているのです」

早朝から続いた堅苦しい儀式が終わり、俐心も心なしか浮かれているようだ。

「僕…民に歓迎されているのでしょうか」

蓮可は萎縮しながら、不安な声を零す。

世間知らずどころか人界での暮らしもままならぬ、未熟な王だ。威厳があるわけでなし、寧ろ恐縮しっぱなしだというのに。

「魔物も減って近頃では目撃情報も聞かない。これは王気が都を包んでいる証だ。民も安心して暮らすことができている。それはすべて蓮可のおかげなのだぞ。蓮可しかできないことだ」

「——はいっ」

毅焔にもう一度肩を叩かれて、蓮可は沈みかけていた気持ちを奮い立たせた。

この国で蓮可しかできないことがある。——そのことに気付かせてくれた毅焔に、蓮可は大きく頷いて、笑顔になった。

「ああ、歓声が聞こえてきましたよ」

俐心が言った。

回廊の先には宮殿があり、王が民に姿を見せるためだけに建てられたものだと聞いて、蓮可は驚いた。民に王の威光を見せるため、一際華美に作られた宮殿は天井から柱の一本一本まで鮮やかな彫刻に彩られている。

まるで仙界の花畑のようだ。と、ひとしきり蓮可が感激している間に女官が一斉に取り囲み、髪を結い直したり、着物の乱れを整えたりとお色直しさせられてしまった。お披露目の準備が整いいよいよ緊張が高まると、王を待つ民の期待の声が大きくなっていく。

「早く民にお披露目しないと暴動が起きそうな歓声だな」

毅焔は笑ったが、蓮可は焦る。

「それは困ります。王になった一日目から騒動を起こしては、いたたまれませんっ」

「では、待ちくたびれた民を鎮めるとしましょう。蓮可、笑顔で。あなたの笑顔を一目見れば、民は皆、きっと喜びます」

俐心の言葉に蓮可は深呼吸して頷いた。

「開扉せよ！」

毅焔の号令に下臣が人の背丈二人分ほどありそうな大扉をゆっくりと開いていく。途端に歓声の波が押し寄せた。

そのあまりの声の大きさに「わっ」と蓮可は驚いて踏鞴めきそうになった。咄嗟に毅焔が蓮可の背中に手を添えて支えてくれる。

「毅焔さん」

「何があっても俺が支えてやる。だが民は敵ではないぞ。我らの家族だ」

「家族……」

蓮可は咄嗟に素敵な言葉だと思った。両親と再会することは叶わなかったが、この都の民が家族だと思えば、愛おしさは尚も増すだろう。

「大丈夫か？　一人で歩けるか」

「はい。皆の声にびっくりしただけですから大丈夫です。皆が喜んでくれていること、僕もちゃんと感じています」

「うむ。ならばいい。――さあ、笑顔でいこう」

毅焔の言葉を合図に、蓮可は漸く決心して民の前に立った。

新たな若き王の姿に溢れんばかりの歓声が贈られる。期待に満ちた笑顔で大広場は眩いほどだ。

赤子のときに贄として山に置き去りにされて以来、蓮可は今まで一度もこの閤領の地に立つことはなかった。

今、民を前にして漸く故郷へ帰ってきたような、迎え入れられたような、そんな気持ちになって蓮可は鮮やかな笑顔を浮かべた。

雲一つない空には、今日のこの日を祝い、白い瑞鳥が舞うように飛んでいた。

あとがき

こんにちは、はじめまして。鏡《かがみ》コノエです。

「白銀の将軍と仙界の御子～運命の愛に導く水蓮花～」です。

リンクスロマンス様より五冊目の本を出させて頂きました。

気が付けば五冊目。本当に有り難いです。


素敵なイラストを手がけて下さった、亜樹良《あきら》のりかず先生に感謝です。

絶対に格好いい攻様になる！　フェロモン出まくりの雄様なってしまう！　と、密《ひそ》かに興奮して、とても愉《たの》しみにしていました。


本当ならばもう少し早くに刊行されていたかもしれず、個人的には「漸《ようや》く…」という気持ちが強いです。

というのも、二〇二二年の初春に体調を崩しまして、その間、何度も何度もプロットを提出したんですが、なかなか調子が戻らないこともあり、物語が全然組み立てられず、幾度もボツ。

あとがき

気力も体力もなかなか戻らずで、何より頭がぼーっとする日が暫く続き、もう長編は書けないのかな……と、しょんぼりすることが多々ありました。

それでも担当Tさんが根気強く付き合ってくださいまして、今回どうにか形にすることができました。

おかげさまで今は元気に過ごしております。スケジュールはずれにずれてしまいましたが、年明け一月に仙人モノとは、なんだか縁起が良さそうですね。

仙人モノを書いたのは初めてで、どちらかというとダークファンタジーやホラー好きの私には縁がない世界。

中華モノ……と、考えて、私がオススメする映画は「西遊記《さいゆうき》～はじまりのはじまり」と、二〇一四年公開の「キョンシー」だな……くらいのレベル。そんな文字書きが書いたお話なので、なんちゃって感が非常に強いのもせつないのですが、少しでも愉しんで頂けると嬉《うれ》しいです。

製作秘話と言うほどでもないんですが、初稿を提出したのち、キャラの名前がほぼ全員変わりまして。

一ヶ月以上、初期の名前でキャラクターと付き合ってきたぶん、変更後の名前が殆《ほとん》ど覚えられず、ことあるごとに登場人物資料を見返しています。

特に攻がリグァンから毅焔《ぎえん》になり、全然覚えられずで。本当ゴメン！　と、思いつつ、作業しておりました。
　蓮《れん》可《か》はレンなので、なんとか覚えられるレベル。でも蓮の上に何かついていたっけ？下だっけ？　と、大抵混乱しています。

　昔から蓮の花が好きです。
　いつか終の棲家を見付けたら育てたいな……と、ささやかな夢を抱いているお花。
　今回、大好きな花に関わる話を書くことができて、とても嬉しかったです。

　感想のお手紙や誕生日プレゼント、そしてレビューやＳＮＳ、ありがとうございます。
　見付けるとドキドキしてニコニコしたり、たまにいいねしたり。いつも本当に励みになっています。

　それではまた、どこかでお逢いできることを願っています。

二〇二二年十一月　鏡コノエ

翠眼の恋人と祝祭のファントム

すいがんのこいびととしゅくさいのふぁんとむ

鏡コノエ

イラスト：小山田あみ

957円（本体870円+税10%）

石畳の街路を馬車が行きかうイーニッドの首都・ラヴィリオ市。警察内で人喰いの化け物“ジェンティ”を退治するための部署に配属されたレイモンドは、ジェンティが出没すると噂の夜会で、その化け物を専門に狩る凄腕ハンターのオリヴァーと出会う。憂いを帯びた美青年だが、不愛想で毒舌な彼となぜかコンビを組まされることになったレイモンドは、次第にオリヴァーの緑色の瞳に魅せられていく。しかし、オリヴァーはレイモンドを受け入れようとしない。なんとオリヴァーは幼い頃からジェンティに付きまとわれていて、自分と親しくなる者は殺されてしまうのだと言い出し…!?

リンクスロマンス大好評発売中

王様候補と愛しのオオカミ

おうさまこうほといとしのおおかみ

鏡コノエ

イラスト：古澤エノ

957円（本体870円+税10%）

人狼の青年エミルは、一族の中でも珍しい銀の毛と瞳を持つ銀狼の子。一族の掟の通過儀礼を果たすため、人狼にとって危険な人間の城で下働きをしている。ある日、儀礼に必要なものを盗みに貴族の屋敷に侵入したら、失敗して大貴族の一人・コンラード・カルヴィネに見つかってしまう。慌てたエミルは発情した人狼の放つチャームをコンラードに浴びせかけてしまった!!　チャームの催淫効果に酔ったコンラードは、エミルを城から奪い、自らの屋敷に連れていって…!?

LYNX ROMANCE

小説原稿募集

リンクスロマンスではオリジナル作品の原稿を随時募集いたします。

募集作品

リンクスロマンスの読者を対象にした商業誌未発表のオリジナル作品。
（商業誌未発表のオリジナル作品であれば、同人誌・サイト発表作も受付可）

募集要項

＜応募資格＞

年齢・性別・プロ・アマ問いません。

＜原稿枚数＞

４５文字×１７行（１枚）の縦書き原稿、２００枚以上２４０枚以内。
※印刷形式は自由。ただしＡ４用紙を使用のこと。
※手書き、感熱紙不可。
※原稿には必ずノンブル（通し番号）を入れてください。

＜応募上の注意＞

◆原稿の１枚目には、作品のタイトル、ペンネーム、住所、氏名、年齢、電話番号、メールアドレス、投稿（掲載）歴を添付してください。
◆２枚目には、作品のあらすじ（４００字～８００字程度）を添付してください。
◆未完の作品（続きものなど）、他誌との二重投稿作品は受付不可です。
◆原稿は返却いたしませんので、必要な方はコピー等の控えをお取りください。
◆１作品につき、ひとつの封筒でご応募ください。

＜採用のお知らせ＞

◆採用の場合のみ、原稿到着後6カ月以内に編集部よりご連絡いたします。
◆優れた作品は、リンクスロマンスより発行させていただきます。
原稿料は、当社既定の印税でのお支払いになります。
◆選考に関するお電話やメールでのお問い合わせはご遠慮ください。

宛先

〒151-0051
東京都渋谷区千駄ヶ谷４−９−７
株式会社　幻冬舎コミックス
「リンクスロマンス　小説原稿募集」係

この本を読んでのご意見・ご感想をお寄せ下さい。

〒151-0051
東京都渋谷区千駄ヶ谷4-9-7
(株)幻冬舎コミックス　リンクス編集部
「鏡《かがみ》コノエ先生」係／「亜樹良《あきら》のりかず先生」係

リンクス ロマンス

白銀の将軍と仙界の御子～運命の愛に導く水蓮花～

2023年1月31日　第1刷発行

著者…………鏡《かがみ》コノエ
発行人…………石原正康
発行元…………株式会社　幻冬舎コミックス
〒151-0051　東京都渋谷区千駄ヶ谷4-9-7
TEL 03-5411-6431（編集）
発売元…………株式会社　幻冬舎
〒151-0051　東京都渋谷区千駄ヶ谷4-9-7
TEL 03-5411-6222（営業）
振替00120-8-767643
印刷・製本所…株式会社　光邦
検印廃止

ISBN978-4-344-85176-4 C0293
Printed in Japan

幻冬舎コミックスホームページ　https://www.gentosha-comics.net